새파랗게 운다

J.H CLASSIC 097

새파랗게 운다

'남과 다른 시 쓰기' 동인
이서빈 외

지혜

머리말

벌이 사라지고
메뚜기떼가 출몰하고
꽃들 계절을 잊고 피어난다

지구 곳곳에서
폭염 폭우 산불 소식이
매일 뉴스로 타오른다

인간 욕심이 자초한 일들이다

귀가 있어도 못 듣는 귀머거리
눈이 있어도 못 보는 청맹과니

1회용들로 물든 세상
무더기로 쌓이는 쓰레기
이제 곧 인간도 1회용이 되지 않을까?

이 시집은
세종대왕이
자식과 집현전 학사들 아끼던 수많은 사람을 잃으면서

후손을 위해 **뼈**를 갈아 만든 세계 최고의 한글로
앓고 있는 지구가 건강하고 싱싱해지길
간절히 바라는 마음을 찍어
자랑스런 한글로 쓴 기도다

1회용 무한無限을 전지剪枝해
새소리가 푸르러지고
벌나비들이 꽃을 찾아들고
사슴 곰 호랑이 눈알에 맑은 바람냄새
인간에게 채색되고
꽃향기 풀풀 날아오르는 지구를 만들기 위해 쓴 간절함이다

차례

1부

이서빈

이진진

글보라

2부

글나라

정구민

최이근

손선희

3부

4부

글빛나

글로별

이 옥

글가람

• 일러두기
  페이지의 첫줄이 연과 연 사이의 띄어쓰기 줄에 해당할 경우 >로 표시합니다.

1부

포기 외 2편

이 서 빈

오염된 지구를 떠나 이사를 해볼까?
이리저리 궁리를 굴려본다

이육사 윤동주 사는 마을 가려니
나라 위해 목숨 버려야 하고
세종과 집현전 학사들이 사는 곳 가려니
밤낮 사대부들에게 시달려야 하고
김삿갓 천상병 사는 동네 가려니
걸식을 해야 하고
두보와 이백 사는 마을 가려니
중국어 배워야 하고
마키아벨리 사는 곳 가려니
권모술수 몰라 못 가고
스티브 잡스 사는 동네 가려니
집값 비싸 못 가겠다

몇 날 며칠 생각해도
적합한 곳 없어
배추 셀 때 필요한 포기를 불러본다

\>
새들은 손이 없어 허공을 자유로이 날고
물고기는 팔다리가 없어 망망대해를 누비는데
나는 손과 팔다리가 달려있어
어느 곳도 갈 수 없네

아,
이곳에서 그냥 사는 수밖에 없겠지, 니에미랄!

새파랗게 운다

외발로 서 있는 소나무 온몸이 따끔거린다
이 세상 바늘 다 소나무 몸에서 나온 것
바람 구름 안개의 모시적삼
새들과 벌나비 온갖 곤충 옷 천의무봉 솜씨로 한 땀 한 땀
손가락 곱도록 품삯 한 푼 없이 지어 계절의 온노습노 조절했다
그들의 옷 짓는 일로 일생 보낸 장인 목에
시퍼런 전기톱 소리 초승달보다 섬뜩한 날 선다
톱날에 잘려 나온 톱밥 펄펄 마지막 숨 흩날리며 땅으로 고요
히 내려앉는다

아름드리 소나무가 흐느낀다
언제 숨 잘릴지 모르는 시한부 어깨 들썩이며 운다
별빛도 파랗게 파랗게 새파랗게 울고
허공천에 지나가던 바람 파라람 파라람 운다

재선충 바글바글 덤벼 숨 멈춘 동족 보며 어둠이 지운 해처럼
흔적도 없이 사라질 거라고 구불구불 울다 목울대 툭 불거져 옹
이 되도록 운다
　비늘 다 벗겨져 속살 보이는 귀신 되어 운다 어려서는 강제로
사지 잘라

자신들 구미에 맞게 분재라는 죄목 붙여 화분에 가두고
　자라서는 재목이라 목 잘라 이제 더 이상 살 수 없을 거라고 서
럽서럽 운다

　멈출 줄 모르는 인간 욕심에 잘려죽고 말라죽고
　생식불능 되어 소나무란 말은 닫힐 거라고
　슬피슬피 슬슬피피 운다

애꾸나라

꿍꿍 지구가 앓아누웠어요

열 오르고 숨 가빠 응급조치 기다리지만

사람들 무감감무감감 귀닫고 눈닫고 오염 경작 쓰레기산 만들기에 혼 빠졌어요

겨울호수 고니, 슬프도록 긴 목 순백 가슴 우두커니 윤슬 바라보고

굵은바람 굵은주름 여린바람 여린주름 호수에 수 놓으며 음정 고르네요

사람들 영혼엔 메마른 허연눈동자 허연이빨 흉측스럽게 웃고 있어요

아무리 매서운 추위 칼바람도 봄을 이긴 적 없어요

사람들 고장 난 시간 수선하지 않아요

>
끙끙 앓아도 치료하지 않고 방치해요

불효예요

몇몇 효자 치료해야 한다 목소리 높이면 불효자들에게 야단스
럽다 바보 취급당해요

사람들 모두 애꾸, 두 눈 다 가진 애꾸가 사는 나라

시감상 | 이 옥

시인은 '오염된 지구를 떠나 이사를 해볼까?' 한다. 어떠한 생명체도 이 자연을 떠나서는 잠시도 살아나갈 수가 없는데 왜 떠나야 하는지 시를 살펴보자.

오염된 지구를 떠나 이사를 해볼까?
이리저리 궁리를 굴려본다

이육사 윤동주 사는 마을 가려니
나라 위해 목숨 버려야 하고
세종과 집현전 학사들이 사는 곳 가려니
밤낮 사대부들에게 시달려야 하고
김삿갓 천상병 사는 동네 가려니
걸식을 해야 하고
두보와 이백 사는 마을 가려니
중국어 배워야 하고
마키아벨리 사는 곳 가려니
권모술수 몰라 못 가고
스티브 잡스 사는 동네 가려니
집값 비싸 못 가겠다

몇 날 며칠 생각해도
적합한 곳 없어
배추 셀 때 필요한 포기를 불러본다

새들은 손이 없어 허공을 자유로이 날고
물고기는 팔다리가 없어 망망대해를 누비는데
나는 손과 팔다리가 달려있어
어느 곳도 갈 수 없네

아,
이곳에서 그냥 사는 수밖에 없겠지, 니에미랄!
—「포기」 전문

　무차별적으로 파괴되어 오염된 지구, 우리는 자연을 거역하는 삶을 살아가고 있는 것이다. 하던 일이나 하려던 일을 도중에 그만두어 버린다는 '포기'에는 국적 포기 권리 포기 직장 포기 등 자기의 권리를 사용하지 않고 버린다는 것인데 '목숨 버려야 하고' '시달려야 하고' '걸식을 해야 하'니 얼마나 힘든 사회가 되었는가? 이육사 윤동주 세종 김삿갓 천상병 등은 능동적인 힘을 발휘해 막힘이 없이 두루 통하면서 겸허를 지키며 자기완성을 한 선인들이다. 계곡에 물이 모여 길잡이가 되듯 시인의 시속에 함께 모여 가르침을 주는 듯하다. 자연의 법칙은 사람이 능가할 수 없기에 경솔하면 근본을 잃게 되고 조급하면 지위를 잃게 된다고 하였다. 지구의 심각성을 식별하여 불안 심리를 놓치지 않고 '포기를 불러본다'라는 시어는 가슴 저리게 하는 의미망을 다양하게 확장시켜 시적 교감에 비장감마저 묻어 있다. '니에미랄!' 속에는 어찌할 수 없는, 마땅하지 않거나, 마음에 들지 않지만 그래도 '그냥 사는 수밖에 없'다는 자포자기 체념 단념 좌절 기권 등이 들어 있다. 에디슨은 '우리의 최대 약점은 포기다. 성공으로 가는 가장 확실한 방법은 언제든지 한 번 더 시도해 보는 것이다'라고 말했다. 포기와 전진은 그 거리가 얼마나 되는 것일까? 선택의 갈림길에서 지구를 살리기 위해 대담하고 용기 있는 민족으로 다시 태어났기에 앞으로 나아가야만 한다는 것을 시인은 알고 있다. 그래서 절대 포기하면 안 된다는 것을 역설법으로 강조하고 있는 것이다.

다음 시 「새파랗게 운다」라는 제목은 새롭고 신선한 관점의 산물이다. 파릇파릇한 싹처럼 싱그러울 것 같은데 '운다'라고 했다. 1연에서 '외발로 서 있는 소나무 온몸이 따끔거린다'며 매서운 지적을 하고 있다. 하루도 쉬지 않고 쏟아지는 환경공해를 보면 누구나 공감할 이야기이다. '새파랗게'라는 말에는 오랜 세월 동안 맞서서 새파랗게 유지하는 고통이 내포되어 있다. 소나무는 잘못한 것이 없는데 '시퍼런 전기톱 소리'는 섬뜩해 소름이 돋는다. 인간들의 소행으로 자연은 죽어 없어지게 생겼는데 '언제 숨 잘릴지 모르는 시한부'가 '아름드리 소나무'가 절박함에 '어깨 들썩이며 운다'. 도대체 이 현실은 어디로 가고 있는지 두렵다. 보이는 것이 전부가 아니고 시인이 소나무가 되어 몸에서 나온 '바람 구름 안개의 모시적삼'을 관찰한 결과 자연스러운 상상력으로 독특하게 엮어낸 시구다. 계절의 온도습도를 조절하던 소나무에 일격을 가하면 '별빛도 파랗게 파랗게 새파랗게 울고' '바람 파라람 파라람 운다'. '구불구불 울'다가 '옹이 되도록' 울고 '귀신 되어 운다'. 겁이 나 핏기가 가신 채 눈물 흘리고 있는 소나무. 아무 이유 없이 우는 아이는 없다. 같은 운명에 처한 자연도 한꺼번에 울 수밖에 없는 것이다. 윈스턴 처칠의 '외로운 나무는 어쨌든 자라기만 한다면, 강하게 자란다'는 말대로 어쨌든 자라기만 하면 되는데 '재선충 바글바글 덤'볐으니 어떻게 할까나, '새파랗게'는 희망적인 것보다 절망적 인식의 '슬피슬피 슬슬피피 운다'로 승화되어 투명한 시정신으로 긴장미를 늦출 수 없는 신선한 감각을 유감없이 발휘한 조어이다. 무지와 폭거로 환경을 파괴하는 인간, 욕심으로 얼룩진 환경파괴가 절망적임을 깨닫고 외치는 시인의 시는 소나무의 바늘에서 시작하여 크고 넓은 우주적 심상으로 확장해 시인의 능력을 무한히 표출한 시라고 볼 수가 있다. 애꾸가 된 인간과 끙끙 앓고 있는 지구를 병치시켜 '인간과 환경'의 문제를 자문한 시「애꾸 나라」속으로 들어가 자아의 깊은 존재의 의미를 찾아본다.

끙끙 지구가 앓아누웠어요

열 오르고 숨 가빠 응급조치 기다리지만

사람들 무감감무감감 귀닫고 눈닫고 오염 경작 쓰레기산 만들기에 혼 빠졌어요
겨울호수 고니, 슬프도록 긴 목 순백 가슴 우두커니 윤슬 바

라보고

굵은바람 굵은주름 여린바람 여린주름 호수에 수 놓으며 음
정 고르네요

사람들 영혼엔 메마른 허연눈동자 허연이빨 흉측스럽게 웃
고 있어요

아무리 매서운 추위 칼바람도 봄은 이긴 저 없어요

사람들 고장 난 시간 수선하지 않아요

끙끙 앓아도 치료하지 않고 방치해요

불효예요

몇몇 효자 치료해야 한다 목소리 높이면 불효자들에게 야단스
럽다 바보 취급당해요

사람들 모두 애꾸, 두 눈 다 가진 애꾸가 사는 나라
　　　—「애꾸 나라」전문

　이 시는 '끙끙 지구가 앓아누웠어요'하는 첫 연에서 지구의 심
각성을 다 말해주고 있다. 쓰레기산이 되어 지친 지구의 비참한

모습과 오랜 오염에도 무감감무감감한 사람들의 모습이 겹쳐져 있다. 응급조치를 하지 않으면 지구가 위태롭다는 근원은 '허연 이빨 흉측스럽게 웃고 있'는 원형 형식을 빌려 절망적인 상황 인식으로 전환이 된다. 눈이 멀어 안 보이는 것보다 더 무서운 것은 볼 수 있는 사람이 못 본 척하는 무관심이다. '아무리 매서운 추위 칼바람도 봄을 이긴 적 없'는데 '사람들 고장 난 시간 수선하지 않'고 '끙끙 앓아도 치료하지 않고 방치'하며 불구자가 되어간다. 어리석은 인간이 악을 짓고도 스스로 그것을 깨닫지 못하고 있다. 오딘은 무한한 지혜를 얻기 위해 한쪽 눈을 희생했다는데 두 눈을 가지고도 애꾸들만 사는 나라가 되어버린 지금의 현실을 인간의 자의식의 심상과 겹치면서 잘 드러내고 있다. 제가 지은 업인 '불효예요'라는 시구가 불길에 제 몸을 태우는 것이 아니라면 무엇이란 말인가? 몽테뉴는 「수상록」에서 '습관은 우리의 판단력과 신념까지도 좌우한다'고 했듯이 흐려진 인간 존재에 대한 질문과 판단력은 전적으로 그 주체자의 개인적인 능력의 문제가 되는 것이다. 역사는 실제로 일어난 일을 이야기하지만 시인은 앞으로 일어날지도 모르는 예측 가능한 일을 이야기하고 실천한다고 하였다. 이 모든 것은 변화하는 계절과 인생의 순환을 관찰하고 자연과 인간관계에 대한 통찰을 담으며 또한 시간의 흐름 속에서 변화하는 지구와 인간 존재의 취약점인 환경 시를 섬세한 감정으로 시인은 쓰고 있다. 천부적인 재능으로 '창의력 사전'을 출판하였는데 자신의 삶을 주도하면서 고정관념을 없애며 '굵은바람 굵은주름 여린바람 여린주름 호수에 수놓으며 음정 고르네요'에서 보듯이 새로운 조어를 창조하고 있다. 자연과 인간의 관계에 대한 통찰을 쓴 '윌리엄 워즈워스'는 '대단한 목표를 이루려면 지금 대단한 일을 하고 있어야 한다'고 하였듯이 세계 80억 인구를 구하는 일이라면 역사 앞에 몸을 던지는 삶은 헛되지 않으리라며 앞장서 가고 있기에 위대한 시인일 수밖에 없는 것이다. 영주 신문에 대하소설 소백산맥 17권을 연재하고 있다. 시 쓰기의 일념으로 삶의 공간까지 지난한 몸짓으로 엄격한 수행자의 자세로 긴장의 고삐를 늦추지 않고 공부하고 또 공부하는 시인이며 그 앎을 통하여 분명한 목적을 가지고 있는 이서빈 시인은 세종대왕의 뿌리를 이어가며 한글이 세계의 공용어가 되는 날을 고대하며 노력하며 실천하고 있다. 늘 국가와 민족을 생각하는 용기가 있어 두려워하지 않는 삶을 살아왔고 살아가기에 다가올 미래를 이끌어갈 선구자가 될 자격이 충분하다고 생각한다.

비자림榧子林 외 2편

이 진 진

비자림 숲 가는 비자visa 받아 잉태된 생명
자동이체된 하루에
어린숲은 이어달리기를 한다

제주도 구좌읍 비자림
비바람 비정상 비상식 몰아낸 겸허의 숲
밤이면 달빛이 나무의 결을 고르고
새소리 벌레울음이 동심원 강의를 했다
비자숲은 비자 없이 입국을 허락한다

숲은 두통약을 제조해 무료로 나누어준다
제주산 피톤치드는
사람의 신진대사 심폐기능에 좋다며
두통약 미끼상품 삼아 판매하는 사람들

어디서 왔는지
지구라는 객지에서
모진 풍파 견디며 살아온
5백~8백 년 된 1만여 그루의
숨결을 분양하는 숲

성산포에 출렁이는 물결은 모두 나무의 숨소리다

숲냄새 가득 쌓인 산책로엔
청춘이 둘러앉아
남루하고 버석거리던 심장에 푸른피를 수혈하고 있다

그곳에는 여름의 동심이 방목되어 나무에서 퐁당퐁당 소리가
난다

물저장고 연대기

물을 통치하는 하늘 이마엔 내천자川가 선명하다

인간이 물의 중요성을 깨닫는 시기에 미간에 내 천자川 새겨지
는 이유다
하늘계곡에 물 흐르는 소리가 나고
멱감는 소리와 웃음소리가 난다

건드리면 쨍그랑 깨질 것 같은
저 잉크빛 물 한 방울 얻어 하얀 교복에 물을 들이고 싶다

그 중개자가 되기 위해
구도하는 법을 배우는 바오밥나무 행렬
수행 간격 맞추느라 속눈썹엔 새들이 드나든다
깊이를 잴 수 없는 물소리
하늘과 나무의 풍경을 필사한다

더 높이 더 빨리 올라가려는 나무들
오래도록 이어가기 위한 물소리 서늘하다

지금 나이테가 지면 다음 세대에 나이테가 자란다

>
바오밥나무는
물소리 나눌 줄 알아
천 년을 잇는 튼튼한 물저장고

얼을 잇다

돌무지덧널무덤 뚫고 나온 찬란한 신라문화
이름 모를 왕자의 유택幽宅

1926년 10월 10일 스웨덴의
구스타프 6세 아돌프 왕자
동쪽 왕자 황금보관을 서쪽의 왕자가 친히 접견한 사적

두 나라 우호 관계 예시문 제시한 역사적인 발문
흙이 돌로 굳어 불멸로 변한 돌무지덧널무덤

천년 신라 왕실 무덤
서전국의 서瑞자와 봉황의 봉鳳자 나란히
역사에 목격 되었다

토함산 일출 신라 빗장 열어 석굴암 비추고
불국사 둘러보며 흠향하는
성덕대왕신종의 종소리
한복 차려입고 고무신 신고 망건 쓰고
스웨덴까지 퍼지는 길고 웅장한 울림
나무 홍살문 비밀 탐지기가 된다

\>

한국식 젓가락질 자진모리장단 리듬
지구를 잇는 후손들에게
스웨덴과 신라를 잇는 동아줄 잡고
어영차 어영차
힘을 배달하는 토함사 화랑얼

시감상 | 이서빈

　다른 동물과 달리 인간을 만물의 영장이라고 일컫는 이유는 없는 길을 만들어내는 힘 즉, 생각하고 창조하는 힘이 있어서다.
　그래서 위대하고 아름다운 영혼의 소유자며 예술은 그 영혼이 창조해낸 결과물이다. 다른 동물과는 차별화된 여백의 공간을 적절히 배합시켜 매혹적인 감각을 섬세하게 그려낼 줄 아는 힘을 가진 것이 인간이기에 이진진 시인은 숲 하나도 지나쳐 보지 않고 시장의 논리가 팽배한 21세기를 살아가는 현대인들의 사회현상을 걱정하며 정신적 기후를 조성하는 얼의 망을 짜 어영차 어영차 힘을 배달하고 있다.

　　비자림 숲 가는 비자 visa 받아 잉태된 생명
　　자동이체된 하루에
　　어린숲은 이어달리기를 한다

　　제주도 구좌읍 비자림
　　비바람 비정상 비상식 몰아낸 겸허의 숲
　　밤이면 달빛이 나무의 결을 고르고
　　새소리 벌레울음이 동심원 강의를 했다
　　비자숲은 비자 없이 입국을 허락한다

숲은 두통약을 제조해 무료로 나누어준다
제주산 피톤치드는
사람의 신진대사 심폐기능에 좋다며
두통약 미끼상품 삼아 판매하는 사람들

어디서 왔는지
지구라는 객지에서
모진 풍파 견디며 살아온
5백~8백 년 된 1만여 그루의
숨결을 분양하는 숲
성산포에 출렁이는 물결은 모두 나무의 숨소리다

숲냄새 가득 쌓인 산책로엔
청춘이 둘러앉아
남루하고 버석거리던 심장에 푸른피를 수혈하고 있다

그곳에는 여름의 동심이 방목되어 나무에서 풍당풍당 소리
가 난다
　　　　　　— 「비자림榧子林 전문」

'제주도 구좌읍 비자림/ 비바람 비정상 비상식 몰아낸 겸허
의 숲/ 밤이면 달빛이 나무의 결을 고르고/ 새소리 벌레울음이
동심원 강의를 했다/ 비자숲은 비자 없이 입국을 허락'하고 '숲
은 두통약을 제조해 무료로 나누어'주는데 사람들은 '제주산 피

톤치드는/ 사람의 신진대사 심폐기능에 좋다며/ 두통약 미끼상품 삼아 판매하는 사람들'을 생명을 존경하지 않고 눈앞에 이익만 생기면 자연을 마구 훼손하는 인간들의 욕심에 가린 행동을 조롱하고 있다. 인간이 인간답게 살다 가려면 매 순간 엄숙하고 경건함으로 자연을 겸허하게 대해야 함을 냉정히 꼬집고 있다.

　다음 시「물저장고 연대기」역시 자연 경외 사상을 담은 시다. 지구 곳곳에 물 전쟁이 일어나고 있다. 시인은 아낄 줄 모르고 함부로 써서 망가진 지구를 한 마디로 '지금 나이테가 지면 다음 세대에 나이테가 자란다// 바오밥나무는/ 물소리를 나눌 줄 알아/ 천 년을 잇는 튼튼한 물저장고'라는 말은 인간이 자연보다 얼마나 하잘 것 없는 것인가를 깨닫게 해주는 문구다. 다음 시에서는 인간의 삶을 반추하면서 무덤 하나에도 얼을 잇는 의미와 진정한 가치를 추구하면서 통찰의 시간을 갖는다.

　　돌무지덧널무덤 뚫고 나온 찬란한 신라문화
　　이름 모를 왕자의 유택幽宅

　　1926년 10월 10일 스웨덴의
　　구스타프 6세 아돌프 왕자
　　동쪽 왕자 황금보관을 서쪽의 왕자가 친히 접견한 사적

　　두 나라 우호 관계 예시문 제시한 역사적인 발문
　　흙이 돌로 굳어 불멸로 변한 돌무지덧널무덤

천년 신라 왕실 무덤
서전국의 서瑞자와 봉황의 봉鳳자 나란히
역사의 목격자 되었다

토함산 일출 신라 빗장 열어 석굴암 비추고
불국사 둘러보며 흠향하는
성덕대왕신종의 종소리
한복 차려 입고 고무신 신고 망건 쓰고
스웨덴까기 피지는 실고 웅장한 울림
나무 홍살문 비밀 탐지기가 된다

한국식 젓가락질 자진모리장단 리듬
지구를 잇는 후손들에게
스웨덴과 신라를 잇는 동아줄 잡고
어영차 어영차
힘을 배달하는 토함산 화랑얼
— 「얼을 잇다」 전문

   시인은 역사를 잊은 민족에겐 미래가 없다는 선조의 말을 꼼꼼 씹어보며 21세기가 그냥 온 것이 아니며 신라와 스웨덴을 잇는 동아줄을 잡고 아직도 힘을 배달하고 있는 화랑 얼을 상기시킨다. 잠언처럼 잊혀지지 않을 문학 정신의 교시教示적 의미를 갖게 만들어 잠시나마 잊고 지내던 아득함을 체감하고 다시 한 번 왔던 길을 되돌아보게 하는 계기를 만들어 주고 있다. 자연과 세계와의 화해와 상생을 역사 앞에 소환해 보게 하는 치밀한 시혼의 투지가 보인다. 영국 낭만파 시인 퍼시 비시 셸리Percy Bysshe Shelley, 1792-1822는 '詩人은 몽상가 같으나, 우리가 실재라고 생각하는 것들보다 그의 몽상 세계가 어쩌면 더 구체적인 진실일 수도 있다. 그것을 추구하는 것이 詩人의 일이라는 일종의 詩論을 보면 보통의 사람들이 보통의 눈으로 보지 못하는 것을 보는 영감과 사실보다 더 진실인 그 실체를 표현하는 능력이 바로 예술이라는 것이다.' 라고 했다. 이진진 시인은 보통의 눈으로 보지 못하는 것을 영감과 사실보다 더 진실인 실체를 표현하는 예술 중의 예술의 극치인 환경 시를 잘 직조해 내어 세계 환경을 정화하는데 이바지하는 이 시대의 참 시인이다. 이 시가 날개를 달고 지구를 비행하리라.

쇼, 부不 외 2편

글 보 라

타요 타요 다 타요
공장, 제련소, 아파트, 판자촌 등등
화려한 치장들
다 타버려서
재방송
빙하라는 낱말이 고어가 되고
영하라는 느낌이 휘발되네요

당신들
진짜 뜨거운 맛 좀 볼래요

하루살이가 불속으로 날아드는 순간의 눈빛
본 사람 있나요?

지구 온도 올리는 우리는 하루살이
함께 뛰어드느라 못 봤을 확률 99.9프로
오늘 자 대서특필입니다

새생명을 위해 먼저 생명을 죽이는 들불
누가 살고 누가 죽어야 하죠?

\>

불길 이어달리기
동네가 나라가 지구가 벌겋게 뛰네요

불 끄기 쇼! 라도 해요
보여주기식 포스터라도 좋아요

인화물질 합법적 공간 정하지 말고
딱, 진짜, 쓸 만큼만, 조금 모자라게요
쇼쇼쇼 자꾸 하다 보면
지구도 우주도 시원해질 거예요

불맛에 혀도 똥꼬도 불처럼 뜨거워지는 맛집 모두
지구 뱃속 편안해지는 일이라면
부不라고 말고 쇼! 해요

소신공양

붉은빛은 가장 낮은 온도
약함을 감출수록 붉붉 달아오른다

지구 문명 선구자
불의 언어가 담금질 될**수**록
광속으로 선진화했다는 자부심

빼곡한 건물들
땅속으로 길을 내고
하늘 훨훨 날아다녀도
헛헛하다는 인간들 욕심

헛바람에
몸을 담그며
화를 태워
불을 품은 화는
꽃과 잎을 피우기 위해 담금질한다

겨우내 들었던 멍은 잎으로 화는 꽃으로
봄화분에 피어난 것이다

\>

인간 욕심을 불살라 부처앞에 바친다면
지구는 아름다운 낙원을 보시할 텐데

불, 호령

1년 치 비가 단 하루에 내리는 기현상
세상은 온통 흙탕물인데 모니터속은 젖지 않는다

지구 스스로 정화하는 걸까?

자연 맘대로 가공하는 사람들
잘리고 뚫리고 강제로 메워지고
쟁취한 쪽 착취된 쪽
극대화에 분노한 신

범람한 물에 떠내려가고 겨우 남은 것들
분노로 활활 타오르고
솟구치는 물과 내달리는 불속에서 신을 찾는 사람들의 절규
신은 존재하는가?

절절 끓어오르는 공중으로 증발하는 물음
나무신도 물신도 불신도 대지신도
모두 잘리고 찢기고 메워지고 가해 당했음을
모두 망각하고
구원을 애타게 부르짖는다

\>

태초부터 인간에게
만족을 모르고 생떼를 써도 묵묵히 내주고 지켜주었으나
온 인류 멸망에 이르도록
지구 곳곳을 훼손하여 자정 능력까지 위협한 인간

이래도 정신 못 차리면
신은 채널을 돌려 외면할지도 몰라

우주에서 바라본 진녹색 지구
같은 채널을 시청했다면 모두 한마음
늦지 않았어!

시감상 | 이서빈

　쇼는 무대에서 춤과 노래 따위의 시각적 요소를 다채롭게 보여주는 문화이다. 글보라 시인이 각본하고 감독한 대작 한 편을 소개한다. 이 시대에 이만한 대작이 나올 수 있을까?

　타요 타요 다 타요
　공장, 제련소, 아파트, 판자촌 등등
　화려한 치장들
　다 타버려서
　재방송
　빙하라는 낱말이 고어가 되고
　영하라는 느낌이 휘발되네요

　당신들
　진짜 뜨거운 맛 좀 볼래요

　하루살이가 불속으로 날아드는 순간의 눈빛
　본 사람 있나요?

　지구 온도 올리는 우리는 하루살이
　함께 뛰어드느라 못 봤을 확률 99.9프로

오늘 자 대서특필입니다

새생명을 위해 먼저 생명을 죽이는 들불
누가 살고 누가 죽어야 하죠?

불길 이어달리기
동네가 나라가 지구가 벌겋게 뛰네요

불 끄기 쇼! 라도 해요
보여주기식 포스터라도 좋아요

인화물질 합법적 공간 정하지 말고
딱, 진짜, 쓸 만큼만, 조금 모자라게요
쇼쇼쇼 자꾸 하다 보면
지구도 우주도 시원해질 거예요

불맛에 혀도 똥꼬도 불처럼 뜨거워지는 맛집 모두
지구 뱃속 편안해지는 일이라면
부조라고 말고 쇼! 해요
　　―「쇼, 부조」 전문

　연일 이상기온이 지구촌을 덮치고 있다. 홍수와 태풍과 산불
과 그러나 인류는 보고도 못 본 체하는지 무관심으로 일관하며
앞으로만 나아가고 있다. 환경 경전을 쓰고 있는 글보라 시인은

얼마나 한심하고 답답했으면 이렇게 쇼라도 좋고 아니라도 좋으니 고개 들고 한 번 주위를 보라. 공장, 제련소, 아파트, 판자촌들의 화려한 치장들이었던 것들이 다 타버려서 재방송은 불가능하고 '빙하라는 낱말이 고어가 되고 영하라는 느낌이 휘발되네요'라고 끔찍한 연출을 한다. 빙하가 다 녹으면 그 속에 갇혀있던 균들은 필시 인간을 향해 돌진해 옴이 자명한데 어쩌자고 정말 '당신들 진짜 뜨거운 맛 좀 볼래요'. 이 쇼를 보다가 모두 소름이 돋아 눈을 감아야 할 상황을 전개하고 있다. 제발, 쇼라도 좋으니 온 인류가 이 시를 경전으로 삼아 지구가 회복되었으면 좋겠다. 다음 시 자기 몸을 불살라 부처 앞에 바치는 「소신공양」을 읽어보자.

　　붉은빛은 가장 낮은 온도
　　약함을 감출수록 붉붉 달아오른다

　　지구 문명 선구자
　　불의 언어가 담금질 될수록
　　광속으로 선진화했다는 자부심

　　빼곡한 건물들
　　땅속으로 길을 내고
　　하늘 훨훨 날아다녀도
　　헛헛하다는 인간들 욕심
　　헛바람에

몸을 담그며
화를 태워
불을 품은 화는
꽃과 잎을 피우기 위해 담금질한다

겨우내 들었던 멍은 잎으로 화는 꽃으로
봄화분에 피어난 것이다

인간 욕심을 불살라 부처앞에 바친다면
지구는 아름다운 낙원을 보시할 텐데
　　　　　　　　　　—「소신공양」 전문

　　우리는 지구를 태우려는 온난화 앞에서 부처님께 소신공양이
라도 하며 지구를 지켜야겠다는 의지다. 그렇게 하면 지구는 아
름다운 낙원을 보시할 텐데. 시인의 눈으로 보면 얼마나 다급해
부처님의 힘을 빌리려고 할까?
　　탈무드에는 '가장 강한 인간은 마음을 조정할 수 있는 사람이
다'라고 했다. 그렇다면 인간은 나약한 동물이라 자신의 마음조
차 남에게 조정당하고 있다는 말인가?
　　그렇담 누가 자신의 영혼을 지배하고 길들인단 말인가?
　　소신공양으로 성불을 해서라도 지상 낙원인 아름다운 지구를
지키려는 숭고한 마음이 담긴 시다. 이러다 또 안 되겠는지 시인
은 불호령을 내리고 있다.
　　'잘리고 뚫리고 강제로 메워지고/ 쟁취한 쪽 착취된 쪽/ 극대

화에 분노한 신' 얼마나 끔찍한 말인가? 화가 폭발한 신이 인간을 정신 차릴 수 있도록 날카로운 기세로 꾸짖고 있다. 영원히 유지할 수 있지 않을까 혹시나 했던 지구가 다음 연에서 이제는 '범람한 물에 떠내려'가고 '신을 찾는 사람들의 절규'가 아우성친다. 사실적 구성이 선명하게 떠오르는 환경 시다. 천하를 호령하던 '나무신도 물신도 불신도 대지신도' 이제는 다 젖은 종이호랑이가 되어버렸다. 장자는 '자연이 아니면 내가 존재할 수 없고, 내가 아니면 자연의 섭리를 체득할 수 없으니 나와 자연은 그렇게 가까운 것'이라고 했다. 자연과 인간은 한 몸이기에 인간의 악행은 중단되어야 한다.

신이 1년 치 비를 하루에 내리며 불호령을 내려도 정신을 못 차리면 이제 희망이 없다. 이제라도 늦지 않았다며 신이 채널을 돌리기 전에 지구촌 사람들이 정신을 차렸으면 좋겠다는 시인의 간절함이 지면 가득해 더 이상 읽기가 무섭다. 글보라 시인의 이 피맺힌 절규에 지금 당장 개인의 욕심을 버리고 앞으로 닥쳐올 예언 같은 영화의 기류를 인류가 깨달았으면 좋겠다.

2부

검은슬픔 외 2편

글 나 라

가족의 장례식
검은슬픔이 하얀국화꽃으로 피어난다

먹다 남긴 음식물
쓰다버린 일회용품
검은봉지에 싸인다
모두 고인의 생 이야기

침묵과 검은봉지
칠흑같은 어둠되어
강으로 흐른다

혹독한
재앙의 시계는 고장도 없이 달려가고
꺼져가는 지구의 심장소리
살려낼 방법은 없을까?

코로나가 데려간 사람에겐
마중조차도 허락하지 않는다

호두

청설모 지구를 파먹고 있다

까만눈동자 까만털
손으로 파먹는 모습 사람 흉내낸다

빠른 점프 나무위 오르내리며
하늘 맞닿은 곳에 매달린 열매
다 까먹는다
소우주인 사람의 씨주머니
눈 깜빡 하는 사이
모두 털렸다

풍광이 좋은 자리 차지하고 앉아
야금야금 다 파먹고 빈 껍질만 떨어뜨린다

호두나무를 애써 가꾼 나는
청설모가 가끔 실수로 떨어뜨린
열아락만 주워 먹는다

푸른지구안 사람의 뇌를 닮은 속살

\>

하긴, 사람도 저렇게 푸른 지구의 뇌를 파먹고 있지 않는가

인간의 까만욕심을 까맣게 잊고
청설모를 쫓아내던 내가 슬며시 부끄러워지는 날

애원哀願

나무들이 하늘을 받치고
햇볕을 쬐고 있네요

참을 수 없을 정도의
긴박함은 공중화장실
줄을 서서 기다리는 마음

복통에 급히 볼일을 보는 순간
곤두서는 촉각

휴지통 가득
아무렇지도 않게 마구 풀어버린 휴지

30년생 나무 한그루는 화장지 24롤
4인 가족이 1년에 화장지 사용량 92롤
나무 4그루를 화장지로 사용 한다는 말에
심장이 철렁철렁

회사들이여 제발, 나무펄프 대신
밀짚 우유팩을 활용
화장지로 바꿔주길 바랄게요

시감상 | 이서빈

글나라 시인은 자연에 관해 시를 쓰면서 어떤 일이든 그냥 지나치지 않고 구체적인 시각으로 꼼꼼히 살피고 다시 한번 뒤돌아보게 만든다.「검은슬픔」은 제목에서부터 가슴을 까맣게 물들인다. 그만큼 고단함 따위 잊고 환경에 대해 육감적으로 대응하고 그걸 시로 엮어낼 줄 아는 이 시대의 문회를 잘 적용해 쓴 선이 굵은 시를 한 번 따라가 본다.

　가족의 장례식
　검은슬픔이 하얀국화꽃으로 피어난다

　먹다 남긴 음식물
　쓰다 버린 일회용품
　검은봉지에 싸인다
　모두 고인의 생 이야기

　침묵과 검은봉지
　칠흑 같은 어둠 되어
　강으로 흐른다

　혹독한

재앙의 시계는 고장도 없이 달려가고
꺼져가는 지구의 심장소리
살려낼 방법은 없을까?

코로나가 데려간 사람에겐
마중조차도 허락하지 않는다
　　　　　　　　　　　ー「검은슬픔」 전문

'먹다 남긴 음식물/ 쓰다 버린 일회용품/ 검은봉지에 싸인다/
모두 고인의 생 이야기// 침묵과 검은봉지/ 칠흑 같은 어둠 되
어/ 강으로 흐른다'. 한 사람이 일생을 살면서 마지막으로 쓰는
것이라지만 꼭 이렇게 일회용을 쓰고 가야만 하는가? 이렇게 혹
독한 재앙이 다가와 마지막 배웅조차 허락하지 않는 코로나는
결국 인간이 망가뜨린 지구 재앙이거늘 왜? 인지도 모르고 또
무더기로 검은슬픔이 되어 검은봉지에 싸이는 일회용을 비판한
것이다. 요즘 식당에 가봐도 테이블에 비닐봉지를 깐다. 편리함
에 익숙해 지구야 죽건 코로나로 사람이 죽어가든 아무 생각 없
이 살아가는 사람들에게 죽비로 후려치는 매에 사람들 정신이
번쩍 들었으면 좋겠다. 다음 시 「호두」에서는 '청설모 지구를 파
먹고 있다/ 까만눈동자 까만털/ 손으로 파먹는 모습 사람 흉내
낸다// 야금야금 다 파먹고 빈 껍질만 떨어뜨린다'라고 하더니
결국은 인간에게로 시선을 돌린다. 일상적 사물과 구체적인 상
황에서 아주 자연스럽게 '푸른 지구안 사람의 뇌를 닮은 속살//
하긴, 사람도 저렇게 푸른지구의 뇌를 파먹고 있지 않은가// 인

간의 까만욕심을 까맣게 잊고/ 청설모를 쫓아내던 내가 슬며시
부끄러워지는 날'이라고 사람의 감성을 교묘하게 조립해 현실성
을 절대성으로 아주 섬세한 미감美感으로 이동시킨다. 「애원哀
願」이란 시에서도 환경을 대변해 또박또박 말한다.

나무들이 하늘을 받치고
햇볕을 쬐고 있네요

참을 수 없을 정도의
긴박함은 공중화장실
줄을 서서 기다리는 마음

복통에 급히 볼일을 보는 순간
곤두서는 촉각

휴지통 가득
아무렇지도 않게 마구 풀어버린 휴지

30년생 나무 한 그루는 화장지 24롤
4인 가족이 1년에 화장지 사용량 92롤
나무 4그루를 화장지로 사용한다는 말에
심장이 철렁철렁

회사들이여 제발, 나무펄프 대신
밀짚 우유 팩을 활용

화장지로 바꿔주길 바랄게요

— 「애원哀願」 전문

가스통 바슐라르는 「꿈꿀 권리」 첫 문장에서 '수련은 여름꽃이다. 그것은 다시 돌아오지 않으리라는 것을 의미한다.'라고 했다. 지금 수련처럼 피어있는 지구가 시들어 만약 다시 돌아오지 않는다면 인간은 어떻게 될까? 두근거리던 가슴도 출렁이는 내면도 모두 어떻게 될까? 이런 상상을 하다 보면 이 매혹적인 꽃이 참혹적으로 변할 수 있음에 또 한 번 어지럽고 아찔해 현기증이 인다. 또 가스통 바슐라르는 '인간은 날개가 있어서 나는 것이 아니라, 날고 싶은 우리의 욕망이 날개를 만들어낸다'라고 했다. 글나라 시인은 '회사들이여 제발, 나무펄프 대신/ 밀짚 우유팩을 활용/ 화장지로 바꿔주길 바랄게요'라고 사람들이 환경을 살려야겠다는 욕망만 있으면 지구를 살릴 수 있는 날개를 만들어낼 것이라고 믿으며 호소하는 것이다. 생산의 수치만 계산하는 기업들에게 생명 파괴에 대한 책임을 개인의 문제로 치부해버리지 말고 수련이 곱게 피어 춤추고 은모래 알의 소곤거림이 빛나고 강물속에 은빛 날개가 날아다니고 새들의 푸른 노랫소리 산천을 파랗게 물들이는 이 수련꽃을 보호해 주길 간절하게 부탁하고 있다. 기업들이여 글나라 시인의 이 푸르른 시를 눈여겨 읽어주길 부탁한다. 이 시가 경전이 되어 자연이 싱싱해질 때까지 세계로 날아다닐 것이니. 수련이 져서 다시 돌아오지 않으리란 생각을 하지 않고 자자손손 살 수 있는 수련꽃이 피어있는 지구를 만들어 주길 간절하게 부탁한다.

꿈을 꾸는 숲 외 2편

정 구 민

산과 들에서 살던 동물들 거리 활보한다

족제비 여우 호랑이 밍크
푸른자연을 벗삼던 동물들

할머니 목에서 아주머니 어깨에서
목도리가 되고
몸통이 되어 머리와 꼬리 동그랗게 말고
눈 감고 있다

한바탕 지나갈 꿈을 꾸고 있는 것일까?

내장 다 털리고 껍질만 남은 몸으로
지하철안으로 버스안으로
꾸역꾸역 몰려든다
숲을 찾아 헤매는 것일까?

푸른숲에서 인간 소음숲으로
장님이 명화를 보듯 시끄럽고 얼룩얼룩한 곳

>
총 맞고 독약 먹고 올무에 걸려
인간세상으로 완전히 걸려들었다
피 고기 뼈까지 다 내어주고
나무숨소리 새들 노래소리 함께
인간 거적때기로 걸어 다닌다

자물쇠 채운 우리에서 바람이 출렁일 때마다
푸럼푸럼 밝아오는 빛살
아파할 심장도 없이 자물쇠 구멍 철커덩 철커덩
친환경 가죽나무 바람에 흔들린다

파란만장

80억 인구의 숨을 걸러내고 있는 숲

푸르름은
물소리 성장과 짐승의 발아 촉진시키며
파란만장한 시간
애간장 새카맣게 타들어 가다
결국, 활활 타버리는 숲 숲 숲

타버린 재를 생각하며 시를 쓰는
시인의 엉덩이에
살며시 다가앉으며
어깨를 토닥이는 달빛에 눈물 왈칵 쏟는데

파르르
문풍지 흔드는 찬바람 가르며
찹쌀떡 메밀묵 소리 골목을 헤매는 겨울팔이

문득, 뒤돌아보니
너무 많이 쓰고 너무 많이 먹었다

\>
가위눌린 악몽
두 팔 허공 휘두르다

밤새 피를 먹고 무거워 날지 못하는 모기를
팍, 잡으면 내 피가 칸나처럼 붉게 번지듯
지구가 어느 날 나를
팍, 때리면 지구피가 파르라니 떨고 있겠지

계간 나무

봄호
까맣던 나무에
푸르스름한 혈관이 돌더니
연둣빛향이 파릇파릇 나온다

지나가던 바람기가 기웃거리더니
꽃이 여기저기 피어나고
물소리조차 파랗게 물들인다

여름호 물기 빨아올리던
달빛 한 장
돌아 볼새 없이
피돌기 숨차다

우듬지에 새소리 사뿐히 내려
탱탱한 젖망울 희롱하는 사이
가을호가 배달되었다

갈대붓을 쥐고 쓸어
먼지 한 점 없이 청청 푸른하늘에

겨울호가 한 해를 장식한다
한 계절 결호 없이
지구의 허파가 되어준 계간나무

경계 넘나든 하루하루
계곡물은 겨울에도
수정꽃 피웠다
다시 녹아 초록으로 환생해
나무의 계보를 이어가고

물빛도 바람도 얼었다녹았다
지구 바이러스 퇴치 위해
꾸준히 계간나무를 구독하고 있다

시감상 | 이서빈

혹자는 인공지능과 메타버스 시대에 정구민 시인의 「꿈을 꾸는 숲」은 역주행을 하고 있다고 생각할지 모르겠으나 환경재앙으로부터 생명체 전체가 위협을 받고 있다는 사실을 부인하지는 못할 것이다. 시들어가고 있는 지구를 회복해 구슬처럼 영롱한 지구의 눈맞울을 지키기 위한 몸부림이 녹아 있는 시를 따라가 본다.

산과 들에서 살던 동물들 거리 활보한다

족제비 여우 호랑이 밍크
푸른자연을 벗삼던 동물들

할머니 목에서 아주머니 어깨에서
목도리가 되고
몸통이 되어 머리와 꼬리 동그랗게 말고
눈 감고 있다

한바탕 지나갈 꿈을 꾸고 있는 것일까?

내장 다 털리고 껍질만 남은 몸으로

지하철안으로 버스안으로
꾸역꾸역 몰려든다
숲을 찾아 헤매는 것일까?

푸른숲에서 인간 소음숲으로
장님이 명화를 보듯 시끄럽고 얼룩얼룩한 곳

총 맞고 독약 먹고 올무에 걸려
인간세상으로 완전히 걸려들었다
피 고기 뼈까지 다 내어주고
나무숨소리 새들 노래소리 함께
인간 거적때기로 걸어다닌다

자물쇠 채운 우리에서 바람이 출렁일 때마다
푸럼푸럼 밝아오는 빛살
아파할 심장도 없이 자물쇠 구멍 철커덩철커덩
친환경 가죽나무 바람에 흔들린다
　　—「꿈을 꾸는 숲」 전문

　거리마다 '할머니 목에서 아주머니 어깨에서/ 목도리가 되고/
몸통이 되어 머리와 꼬리 동그랗게 말고/ 눈 감고 있'는 동물들
을 보며 한바탕 지나갈 꿈이라면 좋겠다는 시인, 여기에 어떤 말
을 더 붙이면 사족이 될 것 같다. 자기만의 확실한 사고와 가치
관을 확립하고 인간들의 욕심에 잔인하게 도륙屠戮되는 지구안

에 함께 사는 동물들에 대해 안타까워 애태우는 심정이 고스란히 드러나는 시다. 시인은 「파란만장」이란 시에서도 또한 숲에 관한 이야기를 잘 다져간다.

'80억 인구의 숨을 걸러내고 있는 숲// 푸르름은/ 물소리 성장과 짐승의 발아 촉진시키며/ 파란만장한 시간/ 애간장 새카맣게 타들어 가다/ 결국 활활 타버리는 숲 숲 숲// 타버린 재를 생각하며 시를 쓰는' 시인은 영혼을 갈아서 썼을 것이다. 시인은 예언자다. 이대로 가다가는 반드시 80억 인구가 위협을 받을 거라는 예언서를 쓰고 있는 것이다. 아무리 암울한 시대적 상황에서도 '지켜야 할 본질적 가치들은 분명히 있다'라는 하우저의 말을 인용해 현대 사회에서 가장 시급하게 지켜야 할 본질적 가치들이 무엇인지를 잘 말해주고 있다. 다음 시 「계간 나무」 구경을 가보자.

봄호
까맣던 나무에
푸르스름한 혈관이 돌더니
연둣빛향이 파릇파릇 나온다

지나가던 바람기가 기웃거리더니
꽃이 여기저기 피어나고
물소리조차 파랗게 물들인다

여름호 물기 빨아올리던

달빛 한 장

돌아 볼새 없이

피돌기 숨차다

우듬지에 새소리 사뿐히 내려

탱탱한 젖망울 희롱하는 사이

가을호가 배달되었다

갈대붓을 쥐고 쓸어

먼지 한 점 없이 청청 푸른하늘에

겨울호가 한 해를 장식한다

한 계절 결호 없이

지구의 허파가 되어준 계간나무

경계 넘나든 하루하루

계곡물은 겨울에도

수정꽃 피웠다

다시 녹아 초록으로 환생해

나무의 계보를 이어가고

물빛도 바람도 얼었다녹았다

지구 바이러스 퇴치 위해

꾸준히 계간나무를 구독하고 있다

―「계간 나무」 전문

하이데거는 현존재의 본질은 그의 실존에 근거하며, '나는 누구인가?'에 대해 대답하려면 현존재의 특정 양식을 현상적으로 제시함으로써만 가능하다고 말하였다. 즉, 여기, 지금 현존재로 실존함으로써만 자기 자신일 수 있다는 것이다. 자신이 없는 그곳은 존재하지만 존재하지 않는다는 것이다. 그렇다면 시인은 지금 여기 지구에 존재하기 때문에 이렇게 지구 바이러스 퇴치를 위해 계간나무를 꾸준히 구독할 수 있는 것이다. 밀란 쿤데라가 지은 『참을 수 없는 존재의 가벼움』에서 그는 '되돌릴 수 없는 겨우 단 한 번의 생, 그 무의미함에 대하여 인생이란 한 번 사라지면 두 번 다시 돌아오지 않기 때문에 아무런 무게도 없고 우리는 처음부터 죽은 것과 다름없어서 삶이 아름답고 속은 찬란하다 할지라도 그 잔혹함과 아름다움과 찬란함조차도 무의미하다'라고 했다. 그리고 '동정심을 갖는다는 것은 고도의 상상력 감정적 텔레파시 기술을 지칭한다. 감정의 여러 단계 중에서 가장 최상의 감정'이라고 했다. 밀란 쿤데라의 말에 덧대보면 정구민 시인은 지구에 대한 동정심에 온통 정신을 빼앗기고 그 동정심을 세계로 퍼 나르고 있으니 가장 최상의 감정을 실천하고 있는 것 아닌가? 생각만 하고 행동하지 않는다면 아무런 소용이 없지만 정구민 시인은 생각하고 행동으로 실천하고 있다. 천지의 도를 꿰뚫으려는 구도인의 자세 같다. 제발 지구가 안녕하기를 기대해본다.

각본 외 2편

최 이 근

희극속에 살아가는 가난한 거짓말
스스로 별을 따는 도전이 경이롭다

떠나가는 기차에서 뛰어내린 기분
자유롭다는 건 위험하지만 황홀하다
비평속에 우월한 존재 간직한 판도라
힘을 얻는 바닥 딛고서야 되찾는다

빙하 녹여 먹는 메탄
먹장구름 하늘을 덮어오고
느닷없이 번개가 구름무늬 만들더니
억수같이 내리는 산성비
허공마저 떠내려 보낼 기세다

언제 그랬냐는 듯
부식토 냄새 솔솔 풍겨 나고
빛살 헤실거리고 늘어선 나무
상쾌한 냄새 쉼 없이 뿜어댄다

달빛 피워낸 산유화 봉오리

신선한 공기 한 초롱 머금고
폭력이 횡행하는 공포
선입견 태엽이 시간을 당긴다

모두 자연의 각본이다

사약

동글동글 세월 새겨 만든 나이
산새소리 바람소리 물소리 돌돌 감은 운율
하늘다람쥐 나뭇가지 편집하다
발가락 비에 젖었다

풀벌레울음 폴폴한 초원
산뜻하게 분칠한 아침 햇살
수풀 사이 어둠 지운다

차디찬 서리화살에 맞아 떨고 있는 나무
대기 먼지 일산화탄소 흡수하는 푸른심장

하늘 땅 이어주는 힘의 원천
큰나무 큰나무대로 작은나무 작은나무대로
다각의 초록 문장 창조하고 스스로 사멸한 수북한 소문
산짐승 새와 곤충 미생물 대지에 모종한다

달 비린내 자욱한 강 새벽 여는 물고기 하품
가뭄에 허덕이는 생명수 삼킨
균들 바글바글 잔치하니
잔칫상에 내릴 사약 없을까?

기적

물이랑마다 별빛 출렁인다

파도에 널뛰는 갈매기
물뼈에 금이 가 하얀피 출렁인다

주름 파랗게 피어난
물새울음 상처투성이로 흔들린다

나무는
공중을 날며 둥지 천적을 막아내고
지저귀는 새소리
신선했다 애절했다 먹먹한
숲도 나무도 없다면 지구 생명체 사라지겠지

오늘도 기적은 이어지고 있다

시감상 | 이서빈

　최이근 시인이 짜 놓은 각본속에는 어떤 신비성이 채워져 있을까?

　혹시 그의 각본속에 시의 고정 인식의 틀을 깨고 나올 니체의 망치와 발상 전환을 모색할 다양한 역할들이 가득하지 않을까?

　시인이 시를 향해 끊임없이 실험하고 도전하게 할 어떤 비책을 기대하며 시를 감상해본다.

　　희극속에 살아가는 가난한 거짓말
　　스스로 별을 따는 도전이 경이롭다

　　떠나가는 기차에서 뛰어내린 기분
　　자유롭다는 건 위험하지만 황홀하다
　　비평속에 우월한 존재 간직한 판도라
　　힘을 얻는 바닥 딛고서야 되찾는다

　　빙하 녹여 먹는 메탄
　　먹장구름 하늘을 덮어오고
　　느닷없이 번개가 구름무늬 만들더니
　　억수같이 내리는 산성비
　　허공마저 떠내려 보낼 기세다

언제 그랬냐는 듯
부식토 냄새 솔솔 풍겨 나고
빛살 헤실거리고 늘어선 나무
상쾌한 냄새 쉼 없이 뿜어댄다

달빛 피워낸 산유화 봉오리
신선한 공기 한 초롱 머금고
폭력이 횡행하는 공포
선입견 태엽이 시간을 당긴다

모두 자연의 각본이다
—「각본」 전문

　가난한 거짓말이 희극속에 살고 있고 그 삶은 한 편의 드라마
에 불과한 것이 인간이기에 '스스로 별을 따는 도전이 경이롭
다'라고 한다. 누구도 자신 대신 아파줄 수도 죽어줄 수도 먹어
줄 수도 없기에 별을 따거나 달을 따거나 스스로 하지 않고는 아
무것도 할 수 없다. 뱃속에서 태어난다는 건 '떠나가는 기차에
서 뛰어내린 기분'일 것이다. 비록 기차라는 어떤 나라에서 뛰어
내렸지만 '자유롭다는 건 위험하지만 황홀하다'. 인간이 태어나
고 죽는 것 그 모든 것은 '자연의 각본이다'. 동시대에 태어나 살
고 있는 우리는 모두 이 묘사에 공감할 것이다. 다음 시「사약」에
서도 시인은 자연을 끌어다 신선한 충격을 안겨주고 있다. '동글

동글 세월 새겨 만든 나이/ 산새소리 바람소리 물소리 돌돌 감은 운율/ 하늘다람쥐 나뭇가지 편집하다/ 발가락 비에 젖었다'.

산책을 하다 보면 잘라낸 밑동에 동글동글 나이테는 누구나 보겠지만 이것에 산새소리 바람소리 물소리를 돌돌 감은 운율이란 발상으로 내면 인식을 뚫어내고 공감의 영역으로 확장시키는 일은 시인이 아니면 하기 어려운 인식이다. 깊은 사유에서 창조적이고 독자적인 위상을 확립한 부분이다. 환경을 생각하며 쓴 시이지만 환경이란 말 한마디 쓰지 않고 '균들 바글바글 잔치하니/ 잔칫상에 내릴 사약 없을까?'라고 명징하게 해결해버린다. 다음 시 「기적」을 살펴본다.

물이랑마다 별빛 출렁인다

파도에 널뛰는 갈매기
물뼈에 금이 가 하얀피 출렁인다

주름 파랗게 피어난
물새울음 상처투성이로 흔들린다

나무는
공중을 날며 둥지 천적을 막아내고
지저귀는 새소리
신선했다 애절했다 먹먹한
숲도 나무도 없다면 지구 생명체 사라지겠지

오늘도 기적은 이어지고 있다
　　—「기적」 전문

　최이근 시인의 시는 군더더기가 없다. 우리는 매 순간 기적을 살고 있는 것이다. 그것도 숲과 새소리를 받아먹고 살고 있는 것이니 당연히 숲과 나무가 없으면 지구 생명체도 사라질 것이다.

　미국의 제45대 부통령을 지낸 앨 고어는 지구온난화에 대해 『불편한 진실』을 출판하고 다큐멘터리도 제작해 아카데미 시상식에서 최고의 다큐멘터리상을 받고 2007년에는 노벨평화상을 수상했다. 그리고 아내가 부부싸움 중 '난 지구온난화와 같은 건 믿지 않아'라고 하자 이혼했다는 유머가 있을 정도고 지구환경을 위해 자원을 절약해야 한다고 역설하면서 본인은 방 수십 개짜리 대저택에서 전기료만 수십만 달러를 내는 초호화판 생활을 하는 게 알려지면서 전형적인 리무진 리버럴LIMOUSINE LIBERAL이라는 조롱을 당했다. 언행이 일치하지 않는 일은 성공하기 힘들다는 걸 알게 하는 교훈이다. 환경 시를 쓰는 시인들은 행동도 함께할 때 진정한 시인임을 명심해야 할 것이다. 최이근 시인의 진심이 새처럼 자유롭게 날아다녀 환경을 살리길 바란다.

모정탑의 기도 외 2편

손 선 희

기도 소리 깔려있는 모정탑길에
차순옥 여사 눈물이 날아다닌다

기도를 걸어 잠근 쪽문

참나무 바람을 만들어 내고
구름 천둥 만들어 내고

돌탑은 호위무사가 되고
강물소리 세상에
안녕을 기도한다

탑속에 들어 있는 바람을 꺼내면
천지의 어떤 태풍도 다 막아내리라
돌속에 들어 있는 비를 꺼내면
천지의 가뭄 다 해소하고
돌속에 들어 있는 흙을 꺼내면
온 지구의 산불을 끌 수 있으리

저 돌속 기도를 꺼내면
지구도 맑고 푸르게 달래질까?

별빛 같은 말

앙상한 시간에 파란빛 게워낸다

세상을 구할 비책
숲속에 숨겨놓았다
펄펄 설레는
첫눈 같은 말

첫 추위는
나풀나풀 날아내려
새소리마저 얼어붙는데

별빛은
바다위에 쏟아져 내려
생각을 적신다

돌처럼 딱딱했던 생각
바닷물에 젖어 출렁이고

초승별 그믐별 반별
우르르 쏟아지며 말한다

삶은 이렇게 빛나게 사는 거라고

나무의 유언

수백 년 마을 어귀에 서서
인간을 수호하며
쉬지도 자지도 않고
한자리에 서서 살았다

이꼴저꼴 다 보며 살아온 생

죽어서
기둥 책상 의자 식탁
면봉
이쑤시개
젓가락
휴지가 되었다

싱싱하게 산목숨
죽어서까지
인간을 위해 쓰여진다

불의 먹이가 되어 사라지며
하는 말

한 치 앞을 보지 못한 어리석은 인간들아
우리의 죽음이 인간의 죽음이다

시감상 | 이서빈

고요히 폭발하는 「모정탑의 기도」는 손선희 시인의 사상의 꽃이다. 사물을 꿰뚫는 통찰의 사상에서 모정탑의 기도가 피어난 것이다. 이 시를 읽다 보면 갑자기 모든 물체가 다 사라지고 허공에 기도가 탑으로 쌓여 있는 것만 보이는 투시력의 마력에 걸린 것 같다.

기도 소리 깔린 모정탑길에
차순옥 여사 눈물이 날아다닌다

기도를 걸어 잠근 쪽문

참나무 바람을 만들어 내고
구름 천둥 만들어 내고

돌탑은 호위무사가 되고
강물소리 세상에
안녕을 기도한다

탑속에 들어 있는 바람을 꺼내면
천지의 어떤 태풍도 다 막아내리라

돌속에 들어 있는 비를 꺼내면
천지의 가뭄 다 해소하고
돌속에 들어 있는 흙을 꺼내면
온 지구의 산불을 끌 수 있으리

저 돌속 기도를 꺼내면
지구도 맑고 푸르게 달래질까?
─「모정탑의 기도」전문

'기도를 걸어 잠근 쪽문'의 열쇠를 찾아 문을 열어 태풍도 막고 가뭄도 해소하고 산불도 끄고 저 돌 속 기도를 꺼내 지구까지 맑고 푸르게 달래고픈 마음을 시인은 또 다른 기도로 쌓으며 가상의 세계가 지니는 의미를 깊은 사유의 통로를 통해 넓혀나가고 있다. 다음 시「별빛 같은 말」에는 또 어떤 상상의 빛이 명시로 승화되어 나오는지 따라 가본다.

앙상한 시간에 파란빛 게워낸다

세상을 구할 비책
숲속에 숨겨놓았다
펄펄 설레는
첫눈 같은 말

첫 추위는

나풀나풀 날아내려
새소리마저 얼어붙는데

별빛은
바다위에 쏟아져 내려
생각을 적신다

돌처럼 딱딱했던 생각
바닷물에 젖어 출렁이고

초승별 그믐별 반별
우르르 쏟아지며 말한다

삶은 이렇게 빛나게 사는 거라고
―「별빛 같은 말」 전문

　'세상을 구할 비책/ 숲속에 숨겨놓'고 돌처럼 딱딱한 생각을
불러놓고 보니 '초승별 그믐별 반별/ 우르르 쏟아지며 말한다//
삶은 이렇게 빛나게 사는 거라고' 시인은 별조차 초승별 그믐별
반별을 만드는 언어 연금술사란 생각이 든다.

수백 년 마을 어귀에 서서
인간을 수호하며
쉬지도 자지도 않고

한자리에 서서 살았다

이꼴저꼴 다 보며 살아온 생

죽어서
기둥 책상 의자 식탁
면봉
이쑤시개
젓가락
휴지가 되었다

싱싱하게 산목숨
죽어서까지
인간을 위해 쓰여진다

불의 먹이가 되어 사라지며
하는 말

한 치 앞을 보지 못한 어리석은 인간들아
우리의 죽음이 인간의 죽음이다
  —「나무의 유언」 전문

  손선희 시인의 시편들은 예술 비평가 에블린 피에예의 "예술
가는 현재 통용되는 표상에 의문을 품고 문제를 제기할 뿐 아니

라, 자신이 생각하고 느끼는 바를 있는 그대로 진실하게 직면한다. 그래서 그들은 현실에 균열을 일으키고, 감상자들을 불안하게 만들며, 다양한 현실이 구현될 수 있도록 가능성을 높인다.

예술가는 우리가 보지 못했던 틈새와 프레임을 제공한다. 예술가는 우리가 처한 표상 세계에 혼동을 일으키고, 우리 내면에 새로운 열망을 불러일으킨다. 예술 작품을 통해 발견되는 불일치는 우리의 기쁨이자 무기가 된다."라는 말을 잘 이해하고 시를 쓰는 듯하다. 그냥 나무가 아니라 그들의 삶에 대해서 관찰하고 통찰해 내고 일반인이 보기 못했던 틈새와 프레임을 제공하며 혼동을 일으켜 우리 내면에 환경이란 생각을 다시 불 질러 활활 타게 하는 시다. 이 시들이 날개를 펼치고 세계로 훨훨 날아다닌다는 소문이 바람에 실려 오길 기다려본다.

3부

팽나무의 절규 외 2편

고 윤 옥

휘청!
등이 휘어 옆구리가 땅에 닿았다

폭풍우 물벼락으로
나무뿌리 뽑고 지붕까지 날리며
숨통 조이는 날

뿌지직!
한 생 이리도 허무하게 무너지나!
화사한 웃음으로 생기주고
살랑바람으로 땀 씻겨주고
발가벗은 몸으로 장독뒤에 서서
평생을 집 지키던 늠름한 팽나무

허물어진 흙더미속에서
삶을 연장해 달라는 절규
가슴이 멘다

태풍은
뭐 그리 화난다고

죄 없는 생물을 후드려치는가

자비로운 신은
지구인들에게 경고장을 보낸다

뿌리째 뽑혀 죽지 않으려면
생태계를 살리라고!

마가목 마을

강아지 고양이 새떼
수시로 드나드는 마을

산자락 마가목 마을엔
생기가 펄펄 날린다

흐르는 계곡 따라
메기 가물치 공연이 연중무휴

산해진미 식탁엔 여행자들이 찾아들고
소복한 밥그릇엔 참새떼 오글오글한데

언제부터일까
오곡과 나무열매 사이
이상기후 몰매에 미숙아들 울음소리

멀쩡한 마가목이
붉은심장 주렁주렁 달고
사람들에게 칭송받을 때

\>
시무룩 고개 숙이고
우울이 가득한 꺼먼쭉정이들

이상기후 물리면
마가목이란 싱싱한 이름 번역해
빵빵 부푼 열매로 부활할 수 있을까?

이상기후 물리면
나무 중의 으뜸이라는
타고난 위상 되찾을 수 있을까?

손뼉 치고 노래 부르는 장수마을이
때를 기다리고 있다

탐방

옆동네 시신전이 생겼대서 구경 나섰다
우거진 오솔길 따리 조심조심 걷노라니
휜칠한 붉은벽돌 나타나고
나풀나풀 춤추는 꽃무리

넋을 잃고 있는데

흐드러진 수양버들 검표원
엉덩이에 의욕 붙여줄 테니
엎드리란다

주섬주섬 허리끈 풀고
두렵고 떨려 우물쭈물하는데
지나던 신전지기는 출구 막는다며
엉킨 감정 재정리하라고 호통이다

당황해서 추억을 허겁지겁 주워 담는데
너무 낡아 형체도 희미해진 기억들

여미던 치마끈 잡고 엉거주춤 서 있으니

나뭇가지에 늠름하게 걸터앉는 시신님

우주를 살리려면
지구환경부터 지켜야 하니
손발 없는 나무 대신하여
그들의 아픔 달래주라는 엄중한 명령과
시 한 타래 휘릭 던져주고 사라진다

때마침 나무 목 잘리는 통곡소리에
털부덕 주저앉고 말았다
사람과 섞여 사람을 도와 사람을 살리던 지주

참나무 향기가 전신을 파고든다

시감상 | 이서빈

  어릴 때 할머니께서 팽나무버섯을 따오면 그 버섯의 갓밑 부분 골진 것이 그렇게 신비스럽고 예쁘다는 생각을 했던 기억이 있다. 몸에 좋은 거라며 요리를 하려고 따다 놓은 버섯 대를 잘라내고 갓을 마루 끝에 쭈욱 진열해 놓으면 부챗살처럼 퍼진 골이 너무 예뻐서 서랍에 감추어 두고 연필로 그리고 또 그렸던 기억이다.

  그런 신비로움을 간직하게 해준 팽나무인데 고윤옥 시인의 「팽나무의 절규」라는 제목의 시를 보니 어린 시절로 돌아간 듯 가슴이 마구 뛰었다.

  휘청!
  등이 휘어 옆구리가 땅에 닿았다

  폭풍우 물벼락으로
  나무뿌리 뽑고 지붕까지 날리며
  숨통 조이는 날

  뿌지직!
  한 생 이리도 허무하게 무너지나!
  화사한 웃음으로 생기 주고

살랑바람으로 땀 씻겨주고
발가벗은 몸으로 장독뒤에 서서
평생을 집 지키던 늠름한 팽나무

허물어진 흙더미속에서
삶을 연장해 달라는 절규
가슴이 멘다

태풍은
뭐 그리 화난다고
죄 없는 생물을 후드려치는가

자비로운 신은
지구인들에게 경고장을 보낸다

뿌리째 뽑혀 죽지 않으려면
생태계를 살리라고!
― 「팽나무의 절규」 전문

　평생 집 지키던 나무면 얼마나 오래된 나무인가? 그런데 온난
화 현상으로 고목들이 뿌리째 뽑혀 죽어가는 이 상황은 팽나무
버섯을 몸에 좋다고 채취해 먹으며 산 인간의 과욕으로 빚어진
것이다. 인간도 이 팽나무처럼 '뿌리째 뽑혀 죽지 않으려면 생태
계를 살리라'라는 팽나무의 절규를 번역해 써 놓은 시가 섬뜩하

다. 시인은 다음 시에서도 마가목이란 나무의 말을 번역해 놓았
다.

강아지 고양이 새떼
수시로 드나드는 마을

산자락 마가목 마을엔
생기가 펄펄 날린다

흐르는 계곡 따라
메기 가물치 공연이 연중무휴

산해진미 식탁엔 여행자들이 찾아들고
소복한 밥그릇엔 참새떼 오글오글한데

언제부터일까
오곡과 나무열매 사이
이상기후 몰매에 미숙아들 울음소리

멀쩡한 마가목이
붉은심장 주렁주렁 달고
사람들에게 칭송받을 때

시무룩 고개 숙이고

우울이 가득한 꺼먼 쭉정이들

이상기후 물리면
마가목이란 싱싱한 이름 번역해
빵빵 부푼 열매로 부활할 수 있을까

이상기후 물리면
나무 중의 으뜸이라는
타고난 위상 되찾을 수 있을까

손뼉 치고 노래 부르는 장수마을이
때를 기다리고 있다
　　　　　　　　—「마가목 마을」 전문

　인간이 사는 마을은 마가목 마을에 비하면 보잘것 없는 마을
에 불과하다.
　1949년 옛 유고연방이었던 슬로베니아에서 태어난 철학자
슬라보예 지젝은 류블랴나대에서 철학을 공부하고, 파리 제8대
학의 정신분석학 박사이며 세계 철학계의 이단아이고 사회학,
철학, 문화 연구, 심리학 등 수많은 학문 분야를 넘나들며 세계
지식계의 최전선에서 가장 도발적으로 문제를 던지는 유례를 찾
아보기 어려운 철학 스타이며 세계적인 석학인 그는 이스라엘과
팔레스타인 분쟁을 말하면서 '정말로 우리는 전통이나 과학 등
그 어떤 것도 우리에게 무엇을 해야 할지 알려주지 않는 위험한

시대에 살고 있습니다'라고 했다. 지금 나라와 나라 사이의 분쟁은 자연에 비하면 빙산의 일각일지도 모른다. 그렇다면 고윤옥 시인이 환경을 걱정하며 하루가 다르게 오염되어 자연재해가 속출하는데도 인간은 앞만 보고 달리고 있음을 역설한 자연과 인간의 분쟁을 주제로 한 시 '우주를 살리려면/ 지구환경부터 지켜야 하니 손발 없는 나무 대신하여/ 그들의 아픔 달래주라는 엄중한 명령과/ 시 한 타래 휘릭 던져주고 사라진다'라고 이 시대에 슬라보예 지젝의 말보다 더 절박하고 위험한 시대에 살고 있다고 외치는 것이다. 세계인의 경전이 될 이 시를 다시 한번 관심을 가지고 읽고 자연을 치료하는 데 동참할 것을 호소한다.

자작나무 숲 이야기 외 2편

권 택 용

뽀오얀 자태 곧게 자란
그림속 자작나무숲에 바람이 분다

나뭇가지 잎새마다 숨겨놓은
푸른계절의 꿈이 엽서 되어 날린다

눈보다 더 빛나는 한겨울의 시인들
자작나무 껍질에 감춰놓은 사연들
팔랑이는 이별을 하면
변치 않는 곧은 절개 대장경大藏經을 엮을까?
짧은삶의 비밀
겨우내 나눈다 해도 그 끝을 알 수 없고

그림속 자작나무숲에서
자작자작 밥물 잦는 소리가 난다

나무에게

대지의 단물 빨아들이는
그대의 입술을 보여다오
여린싹 흔들고 지나가는
바람의 심장을 보여다오

봄볕을 찍어바르는
꽃그림자를 보여다오

공중에 떠다니는 구름의
장딴지를 보여다오

평생을 한곳에서 사는
운명 아우르는 법을 보여다오

죽어서도 인류에게 다양한 쓰임
고결한 그대 마음을 내게 보여다오

고목의 고백

내 나이 육백삼십오 세
천 살이 넘는 나무도 있어 난 중늙은이도 못되지

살아온 날을 되돌릴 순 없지만
돌이켜 보는 것도 나름 괜찮지

어릴 팬 철모르고 살았지

하늘로하늘로 키가 커가고
몸통도 튼실해져 가고
가지 벋고 잎 생기고
뿌리 깊은 나무가 되었지

새들이 앉아 노래하고
노루도 옆으로 스쳐 지나갔지
구름 날 내려다보고 방긋 웃고
바람 겨드랑이 간질이며 지나갔지

언제부턴가 표피가 탄력을 잃어
젊은날로 되돌릴 수 없음을 알고

내면적인 일에 정성을 기울였지

사람들이 주위에 몰려들었고
신성시하는 사람까지 생겼어

젊은나무들이 깍듯이 내게 어른 대접을 해주는군
기분이 그리 나쁘지는 않아!

내가 태어나 수백 년을 살아온 이 땅과
이 나라가 잘 됐으면 좋겠어

사람이 부모를 선택할 수 없듯이
나도 커갈 장소를 선택할 수 없잖아!

시감상 | 이서빈

영국의 수학자이며 컴퓨터과학의 아버지이자 현대컴퓨터과학을 정립한 인물로 평가되며 제2차 세계 대전이 발발하자 정부의 요청에 따라 나치 독일군의 에니그마암호 해독을 맡아 연합군 승리에 기여해 세계 대전 기간 단축 및 대략 1400만 명을 구했다는 앨런 매시슨 튜링Alan Mathison Turing은 '무엇이든 상상할 수 있는 사람은 무엇이든 만들어 낼 수 있다. 우리는 가까운 미래밖에 내다보지 못하지만, 그동안 해야 할 일들이 많다는 건 안다.'라고 했다. 지구에 살고 있는 우리는 무엇을 상상해야 하는가? 가까운 미래밖에 못 보지만 지금 우리가 해야 할 일은 너무나 많고 절박하다. 지구는 하루가 다르게 병들어가고 있기 때문이다. 그런 정신에 기인해 환경 경전을 쓰고 있는 권택용 시인의 시대정신을 창조한 문장들을 살펴본다.

뽀오얀 자태 곧게 자란
그림속 자작나무숲에 바람이 분다

나뭇가지 잎새마다 숨겨놓은
푸른계절의 꿈이 엽서 되어 날린다

눈보다 더 빛나는 한겨울의 시인들

자작나무 껍질에 감춰놓은 사연들

팔랑이는 이별을 하면

변치 않는 곧은 절개 대장경大藏經을 엮을까?

짧은삶의 비밀

겨우내 나눈다 해도 그 끝을 알 수 없고

그림속 자작나무숲에서

자작자작 밥물 잦는 소리가 난다

— 「자작나무 숲 이야기」 전문

그렇다. 이 자작나무 숲속엔 짧게 살고 가는 인간은 알아낼 수 없는 비밀이 들어있다. 그림속 자작나무 숲에서도 밥물 잦는 소리가 자작자작 나는 이 사연들 들춰 대장경을 만든다면 지금까지 그 어떤 대장경 못지않은 경이 될 수 있음을 성찰해낸 시다.

권택용 시인은 모든 나무를 곧 인간이 공부해야 할 경에 비유하고 있다. 다음 시 「나무에게」도 그 비밀을 알려달라 애원을 하고 있다.

대지의 단물 빨아들이는

그대의 입술을 보여다오

여린싹 흔들고 지나가는

바람의 심장을 보여다오

봄볕을 찍어 바르는

꽃그림자를 보여다오

공중에 떠다니는 구름의
장딴지를 보여다오

평생을 한곳에서 사는
운명 아우르는 법을 보여다오

죽어서도 인류에게 다양한 쓰임
고결한 그대 마음을 내게 보여다오
　　　　　　　　　—「나무에게」 전문

　또한, 겨우 백 년을 살다가는 인간에게 말을 걸어 기존 의미를
변화시켜 특수하고 더욱 이미지적이고 구체적인 표현으로 독자
에게 다양한 정보를 제공해 준다.

　내 나이 육백삼십오 세
　천 살이 넘는 나무도 있어 난 중늙은이도 못되지

　살아온 날을 되돌릴 순 없지만
　돌이켜 보는 것도 나름 괜찮지

　어릴 땐 철모르고 살았지

하늘로하늘로 키가 커가고
몸통도 튼실해져 가고
가지 벋고 잎 생기고
뿌리 깊은 나무가 되었지

새들이 앉아 노래하고
노루도 옆으로 스쳐 지나갔지
구름 날 내려다보고 방긋 웃고
바람 겨드랑이 간질이며 지나갔지

언제부턴가 표피가 탄력을 잃어
젊은날로 되돌릴 수 없음을 알고
내면적인 일에 정성을 기울였지

사람들이 주위에 몰려들었고
신성시하는 사람까지 생겼어

젊은나무들이 깍듯이 내게 어른 대접을 해주는군
기분이 그리 나쁘지는 않아!

내가 태어나 수백 년을 살아온 이 땅과
이 나라가 잘 됐으면 좋겠어

사람이 부모를 선택할 수 없듯이

나도 커갈 장소를 선택할 수 없잖아!

　　―「고목의 고백」 전문

　시를 잘 쓴다거나 훌륭한 시라거나 하는 시는 그 시대 정신에 부합하여 현재의 더 나은 삶을 위한 이미지를 발견하고 생명력의 소중함을 부여한 탄탄하고 구체성을 가지는 아이러니라든지 낯설게 하기 새로운 은유와 폭넓은 상징 같은 언어 운용을 잘해야 할 것이다. 이 언어 운용을 자유자재로 할 수 있다는 건 그만큼 많은 인문학 철학 역사 등을 알아야 가능하고 결국은 아는 만큼 써낼 수 있음이다. 그중에서도 가장 중요한 건 시대 정신 그 시대에 시인이 해야 할 일을 자각하는 일이다. 권택용 시인은 깊은 성찰로 이 시대에 할 일을 하고 있는 것 같아 기쁘다. 이 환경, 즉 나무들의 소중함을 이 지구촌 사람들 모두가 깨달았으면 좋겠다.

분재盆栽 외 2편

우 재 호

화분속
팔다리 잘리고
온몸 뒤틀고 휘어져
죽지 못해 사는
살아낼 수밖에 없는

원하는 모양 뿌리 자르고 접붙여
꽁꽁 동여맨 철삿줄에 뒤틀리고 야윈 몸
온몸 푸른잎 밀어내는
오체투지 나무

날아오는 새 없어
흔들리지 못하고
새소리 한 번 듣지 못해
저 혼자 깊어지는 나무

창밖 스쳐 가는 바람 잠시 들렀다
금방 사라지는 바깥세상
흘러가는 구름 된다

\>

구부러진 나무 꽃잎 사이
슬픔 켜켜이 쌓이는 저녁

숲에서 매미 우는 소리 파랗게 쏟아진다

동백꽃

철모르고 핀 꽃송이
찬바람 부는 비탈에서
묵묵히 견딘 지난한 세월

봄비가 말갛게 헹군 하늘
동박새 울음소리 핏빛 물들여
살그머니 얼굴 내민 붉은꽃세상

머리 뒤덮은
무성했던 한해살이 봄

붉은마음 삐죽이 내밀다
붉은목 뚝뚝 버린다

뜨거운 마음 꽃으로 피우며
질긴 세월 견디다
목을 버린 동백꽃 언덕

아픈기억 지우지 못하고
돌아서 가던 발걸음

>
나뭇가지 사이 걸린 쓸쓸한 달빛
젖은 몸 뒤척인다

파릇이 새순 돋아나는 언덕에서
바람속에 띄워 보내는 동백꽃 사연

가로수

몸통만 댕그라니 남은 나무
푸른꿈 부풀었던 시절 있었지만
소음, 매연, 열기
한겨울 골목 찬바람 견디며
푸른새싹 키워내자
시야 가린다 잘라 버리고
열매 청소 힘들다 잘린다

길 따라 줄 지어선 나무
마음껏 가지 드리우지 못하고
꽃 피우지 못하고 시들어가다

귀를 찢는 유세차량
보는 사람 없어도 손 흔들고 큰절
비둘기도 눈길 한 번 주지 않는다

세상 다 아는 유력 비리 정치인
펄럭이는 현수막
현수막 잘 안 보인다
남은 가지 몽땅 잘라 버린다.

시감상 | 이서빈

　시인은 그 시대에 대해 고민하는 사람이고 그 고민의 시적 사유가 빛을 발할 때 시는 탱글탱글 영근다. 그렇게 탐스런 시를 열리게 하려고 남들과 다른 신천지를 발견하기 위해 끊임없이 노력해서 지금까지 아무도 보지 못했던 세계를 발견하는 탐구가라고 선인들은 말하고 있다. 그 말에 동의하지 않는 시인은 없을 것이다. 우재호 시인 역시 모두가 아름답다 멋지다고 칭찬하는 '분재盆栽'를 보면서도 분재의 입장을 대변하는 자연의 대변자를 자청하고 나섰다.

　　화분 속
　　팔다리 잘리고
　　온몸 뒤틀고 휘어져
　　죽지 못해 사는
　　살아낼 수밖에 없는

　　원하는 모양 뿌리 자르고 접붙여
　　꽁꽁 동여맨 철삿줄에 뒤틀리고 야윈 몸
　　온몸 푸른잎 밀어내는
　　오체투지 나무

날아오는 새 없어

흔들리지 못하고

새소리 한번 듣지 못해

저 혼자 깊어지는 나무

창밖 스쳐 가는 바람 잠시 들렀다

금방 사라지는 바깥세상

흘러가는 구름 된다

구부러진 나무 꽃잎 사이

슬픔 켜켜이 쌓이는 저녁

숲에서 매미 우는 소리 파랗게 쏟아진다

　　　　—「분재盆栽」 전문

　'화분속에서 팔다리 잘리고/ 온몸 뒤틀고 휘어져/ 죽지 못해 사는/ 살아낼 수밖에 없는' 이 소리 없는 아우성을 사람들에게 번역하고 있다. 머리가 텅 비는 느낌이다. 철삿줄에 묶여 비틀리며 살아가는 나무, 시인이 아니면 모두 그 비명은 단말마의 비명이 되고 말았을 것을 생각하면 숙연해진다. 다음 시「동백꽃」에서도 자신이 동백이 되어 삶의 능선을 함께 오르고 있다. 태어나고 싶어서 태어난 사람이 없듯 철을 알고 피어난 꽃이 어디 있겠는가? 태어나보니 찬바람 부는 비탈이고 그 세월을 묵묵히 견뎌야만 하는 것이 숙명인 것이다. 그렇게 붉은울음 울다가 목숨

을 뚝뚝 송아리째 따버리면서도 아픈기억을 지우지 못하고 나뭇
가지 사이에 걸린 쓸쓸한 달빛에 몸을 적시고 뒤척이면서도 무
슨 사연인가를 남기고 싶어 바람속에 띄워 보내려는 몸부림, 시
인의 관찰이 아니면 누가 대변할 수 있을까? 「가로수」에서도 우
재호 시인은 태어나서 죽을 때까지의 가로수의 삶에 대해 통찰
을 해낸 것이다.

몸통만 댕그라니 남은 나무
푸른꿈 부풀었던 시절 있었지만
소음, 매연, 열기
한겨울 골목 찬바람 견디며
푸른새싹 키워내자
시야 가린다 잘려 버리고
열매 청소 힘들다 잘린다

길 따라 줄 지어선 나무
마음껏 가지 드리우지 못하고
꽃 피우지 못하고 시들어가다

귀를 찢는 유세차량
보는 사람 없어도 손 흔들고 큰절
비둘기도 눈길 한번 주지 않는다

세상 다 아는 유력 비리 정치인

펄럭이는 현수막

현수막 잘 안 보인다

남은 가지 몽땅 잘라 버린다

　　　　　─「가로수」 전문

시인은 지속적인 탐색과 자기 성찰에 뚜렷한 주관을 가지고
따뜻한 시선과 올곧은 심성을 자신의 방식대로 잘 형상화한 시
다. '에린 브로코비치'라는 영화는 환경 행동주의와 기업의 책무
성 공개에 관한 이야기를 에린 브로코비치라는 한 여성을 통해
이야기하고 있다. 에린 브로코비치만큼 강력하게 실제 사건의
본질을 포착하는 영화가 흔하지는 않다. 이 영화는 태평양 가스
전기 회사(PG&E)에 의해 야기된 캘리포니아 마을의 식수 오염
을 폭로하는 단호한 법률 보조원인 에린 브로코비치를 따라가는
데 캘리포니아 힝클리의 상수도를 6가 크롬으로 오염시킨 것에
대해 퍼시픽 가스와 전기 회사를 상대로 한 그녀의 끈질긴 정의
추구를 기록하는 것이다. 우재호 시인의 시도 인간들이 자연의
일부인 나무에 너무 함부로 재단하는 것을 환경시인으로서 흔들
림 없는 자세다. 모두를 위한 것보다 자신의 부와 이익을 우선시
하는 강력한 인간의 욕심을 꾸짖는 시를 쓰면서 수많은 장애물
에 직면해도 물러서지 않는 태도는 환경적 위험으로부터 영향을
받는 소외된 공동체를 위한 정의를 추구하는 끈기와 헌신을 보
여주는 시다. 이 시가 지구촌을 훨훨 날아다니고 있으니 이쯤에
서 인간들도 생태계에 눈을 돌려 지구를 치료하는데 모두 힘썼
으면 좋겠다.

나무요양원 외 2편

세 정

어둠과 빛을 기르는 나무
쓸모없는 것 쓸모를 만든 진화
'살아 진천 죽어 용인'이라는데
진천도 용인도 아닌
어정쩡한 고려장이 성행한다
살아 쓸모가 죽는 만큼의 쓸모도 없는 시대

정
손때
익숙함
마음 한꺼번에 매장당하는 고려장
영혼 감금당하자 서서히 시들어가는 몸
표정 없는 나무요양원엔
눈 깜짝할새들이 모여 사는 곳

걸음
팔
어깨
정신
모두 날아다니는 눈 깜빡할새를 바라보며

저승 가는 시간을 당기고 있다

다시 돌아가지 못할 시간들
자전속에 남은 속도를 채우고
돌아가기엔 너무 멀리 건너온 시간

체념 사이로 또 다른 새 한 마리 공중을 날아오르는지
푸드득, 머리에 회오리 인다

금강송

봄바람에 살랑살랑
금강송 옷 벗기 시작한다
초경같이 예쁜색 향기 휘감고
가던 발길 멈추게 한다

사자의 눈으로 이리저리 살피는
나무의 몸통
대목수의 눈길에 들면
날카로운 도끼날에 여지없이 찍힐
물오른 도화색

창경궁 한쪽 기둥으로 점지點指 당해 찍히고
경복궁 서까래로 지목당한
양반집 서원에 상량대가 되고
남대문 기둥 된 금강송
대목수의 눈 피할 방법 연구하는
소나무들 춘양목, 황장목 이름도 많아
금강송이란 이름 하사받은 건
하늘기둥 되라는 것

>

봄 물어날라 잎줄기 물들이고 하늘 찌르니
바늘 같은 솔잎에 향기 파랗게 물든다

파란물소리 철철 흐르는 나무
강물소리 잘라서
시집가는 새색시 혼수 지어 입고
봄 기다리며 서 있는 금강송
외발로 하늘 떠받치며 하늘하늘 숫바람을 부르고 있다

아찔한 현기증

죽음의 맨 마지막에 닫힌다는 귀
귀의 신음에
우리가 쓴 일회용들이 입을 벌리고 인류 공격하면
지상엔 단 5분도 버티지 못하고 지하로 들어가야 하겠지

수천 층 높이 탑 쌓아두고
맑은 공기 마시러 내려오거나
지하 어두운 곳에 방독면을 쓰고 살아야 하겠지

모래사막 달구는 땡볕에
생명 있는 모든 것 사라져
푸른달빛 푸른우아함 푸른위엄 푸르름이 물결치는 지구
들어보지도 겪어보지도 못한 고통 겪는 푸르름

꽃신음마저 시들어가
최후의 궁리로
수치스런 생각을 푸르게 할 미래

포장에 포장을 더한 거짓세상
진실 사라지고 진실 포장하는 거짓쓰레기만 남았다

>

인간의 몸 지구의 몸 나무의 몸 플라스틱 되어간다
조물주는 인간을 만들고 인간은 플라스틱 만들고
지구 플라스틱이 되고 말

시감상 | 이서빈

한편의 명시를 쓴다는 것은 멋진 집 한 채를 짓는 것과 같다.

세상에 널린 다양한 모양과 무늬와 주변 경관까지 고려한 다음 기초를 튼튼하게 다지고 내부의 설계 하나하나까지 세심하게 배려하지 않으면 멋진 집을 짓기 어렵다. 시를 액세서리를 걸치는 것쯤으로 알고 쓰는 시들은 시 정신이 들어있지 않아 마치 허물을 두고 떠나간 매미 껍질 같다. 역사와 문화와 철학적 세계관을 확립하고 시대의식을 가지고 쓴 시라야 오래 살아남을 수 있다.

그런 측면에서 본다면 세정 시인은 혼신의 노력과 고뇌하고 혼을 달아 쓴 흔적이 「나무요양원」이란 제목에서부터 풍긴다.

어둠과 빛을 기르는 나무
쓸모없는 것 쓸모를 만든 진화
'살아 진천 죽어 용인'이라는데
진천도 용인도 아닌
어정쩡한 고려장이 성행한다
살아 쓸모가 죽는 만큼의 쓸모도 없는 시대

정
손때
익숙함

마음 한꺼번에 매장당하는 고려장
영혼 감금당하자 서서히 시들어가는 몸
표정 없는 나무요양원엔
눈 깜짝할새들이 모여 사는 곳

걸음
팔
어깨
정신
모두 날아다니는 눈 깜빡할새를 바라보며
저승 가는 시간을 당기고 있다

다시 돌아가지 못할 시간들
자전속에 남은 속도를 채우고
돌아가기엔 너무 멀리 건너온 시간

체념 사이로 또 다른 새 한 마리 공중을 날아오르는지
푸드득, 머리에 회오리 인다
　　　　　— 「나무요양원」 전문

  누구나 먹기 싫어도 먹어야만 하는 나이에 아무도 대항하지
못하고 '정/ 손때/ 익숙함 마음/ 한꺼번에 매장당하는 고려장/
영혼 감금당하자 서서히 시들어가는 몸/ 표정 없는 나무요양원
엔/ 눈 깜짝할 새들이 모여 사는 곳'을 눈 깜짝할새들이란 표현

을 빌려 정말 인생이 눈 깜짝할새라고 처연悽然함과 비장감이 감돌도록 형상화했다.

다음 시「금강송」에서도 '봄바람에 살랑살랑/ 금강송 옷 벗기 시작한다/ 초경같이 예쁜 색 향기 휘감고/ 가던 발길 멈추게 한다'. 그렇지만 애석하게도 그 나무는 '사자의 눈으로 이리저리 살피는/ 나무의 몸통/ 대목수의 눈길에 들면/ 날카로운 도끼날에 여지없이 찍힐/ 물오른 도화색'은 간혹, 아무 생각 없이 붓 날을 세우는 시와 달리 자연을 사랑하는 마음에 나무 한 그루를 보고 쓰는 시에도 품격이 느껴진다. 마치 거대한 금강송들이 죽어서도 품격을 잃지 않는 것과 같이 그 대상을 자신의 생명처럼 생명 존엄심을 가지고 관찰하고 쓴 시이다. 이어 다음 시도 21세기를 사는 시인의 시대정신을 잘 반영한 푸른 식물성 언어의 시이다.

죽음의 맨 마지막에 닫힌다는 귀

귀의 신음에

우리가 쓴 일회용들이 입을 벌리고 인류 공격하면

지상엔 단 5분도 버티지 못하고 지하로 들어가야 하겠지

수천 층 높이 탑 쌓아두고

맑은 공기 마시러 내려오거나

지하 어두운 곳에 방독면을 쓰고 살아야 하겠지

모래사막 달구는 땡볕에

생명 있는 모든 것 사라져

푸른달빛 푸른우아함 푸른위엄 푸르름이 물결치는 지구

들어보지도 겪어보지도 못한 고통 겪는 푸르름

꽃신음마저 시들어가

최후의 궁리로

수치스런 생각을 푸르게 할 미래

포장에 포장을 더한 거짓세상

진실 사라지고 진실 포장하는 거짓쓰레기만 남았다

인간의 몸 지구의 몸 나무의 몸 플라스틱 되어간다

조물주는 인간을 만들고 인간은 플라스틱 만들고

지구 플라스틱이 되고 말

— 「아찔한 현기증」 전문

    이 시를 읽으면 정말 아찔한 현기증이 인다. 당대 최고 문필가이자 비평가인 영국의 존 러스킨(1819)은 건축과 장식예술 분야에서 고딕 복고운동을 전개했으며, 빅토리아 시대 영국에서 대중의 예술기호에 큰 영향을 미쳐 자연을 사랑한 점에서 시인 윌리엄 워즈워스의 추종자였으며, 러스킨은 '훌륭한 예술은 자연의 진실을 담고 캐는 것'이라는 생각으로, 이상적인 장인은 확실한 목적의식을 갖고 일함으로써 성취감을 찾는 헌신적 인간이라는 견해에 도달했으며, 우리가 무엇을 생각하느냐, 무엇을 알고 있느냐, 무엇을 믿고 있느냐는 별로 중요하지 않다. 중요한 것은 결국 우리가 무엇을 행동으로 실천하느냐이다.'고 말한 러스킨의 말을 이 시대에 가장 잘 행동으로 실천하고 있는 시인 중의 하나인 세정世禎 시인의 이 외침이 이름처럼 망가지고 구부러진 온 세상 생태계가 바르게 펴지는 계기가 되길 우리 모두 기대해 보자.

4부

생각 던져보기 외 2편

글 빛 나

달빛 출렁이는 바다

자음 모음 비린내 퍼덕이며
수억만 문장 꿰매는 물결

생태계를 향한 흉상의 소문에
상복을 입고 떼 지어 조문을 한다

살아있다는 것은
험한 파도를 넘는 일

폭우 폭염 폭풍
폭이란 난폭함 출렁이며 지구를 위협하는 소리
북극 빙하가 다 녹아가는 소리

생각이 여기까지 건너가자
망각해 버릴 훗날이 두려워
던졌던 생각을 잡아당긴다

월척은커녕 낚싯밥만 빼 먹힌 빈 바늘이
해독 못할 물음표를 던진다

시詩가 전하는 말

완전한 부재
두려운 몽상
깨뜨려 본다

바람에게 전해 들은
원초적인 본능

웃지도 울지도 못하고
사라져 버린다 해도
시詩일 수만 있다면

맨발
가시밭길 밟으며
존재의 깊이 캐낼 수 있다면

우주끝까지 따라가
살아있는 것들의 신음을 전하고

생태계 살리는 시를 써야지

신神에게 올리는 기도

얼음의 땅
플러그 뽑혀 울고 있어요

무너지는 빙벽
뜨거워지는 바닷물
사라져가는 물고기
허기진 곰 하늘로 올라갔어요

열 균형 잡아주던 냉각
냉동이란 말도 사라질 것 같아요

아프리카 거대 메뚜기떼
동아시아 우박 폭풍
한반도 기상이변
인도양 수온 상승
숲 집어삼킨 악마의 불
지구 멸망 시나리오

신이시여
빙하를 다시 만들어
인간과 자연의 조화를 만들어 주소서

시감상 | 이서빈

글빛나 시인의 시는 생명 원천인 지구에 대한 관심밭을 개간開墾하고 생각을 꽃피운 시다. 이 세상에 없는 황무지를 개간해 자연과 우주의 생명을 먹여 살릴 의식을 발현시킨 시다. 이 생명의식 씨를 뿌리고 가꾸며 포스트 휴머니즘humanism적 사고로 인종 국적 종교의 차이를 초월하여 다른 존재나 요소도 중요하게 생각해 인류의 공존을 꾀하는 일이 진정 어떤 일인가에 생각을 던져보며 쓴 시이다. 누가 저 큰 황홀의 생각에 돌을 던질 수 있을까?

달빛 출렁이는 바다

자음 모음 비린내 퍼덕이며
수억만 문장 꿰매는 물결

생태계를 향한 흉상의 소문에
상복을 입고 떼 지어 조문을 한다

살아있다는 것은
험한 파도를 넘는 일

폭우 폭염 폭풍
폭이란 난폭함 출렁이며 지구를 위협하는 소리
북극 빙하가 다 녹아가는 소리

생각이 여기까지 건너가자
망각해 버릴 훗날이 두려워
던졌던 생각을 잡아당긴다

월척은커녕 낚싯밥만 빼 먹힌 빈 바늘이
해독 못 할 물음표를 던진다
　　　　—「생각 던져보기」 전문

'자음 모음 비린내 퍼덕이며/ 수억만 문장 꿰매는 물결// 생태
계를 향한 흉상의 소문에/ 상복을 입고 떼 지어 조문을 한다'. 지
구는 인류를 먹여 살리는 생의 터전이다. 그 생태계를 향한 흉상
의 소문에 접하고 상복을 입고 떼 지어 조문한다고 외치는데도
못 보고 못 들은 척한다면 앞으로 인류는 어떻게 될 것인가? 씨
앗이라도 건질 수 있을까? 반드시 온 인류가 깊이 생각을 던져
볼 일이다. 다음 시 「시가 전하는 말」에서도 시인은 '맨발/ 가시
밭길 밟으며/ 존재의 깊이 캐낼 수 있다면// 우주 끝까지 따라
가/ 살아있는 것들의 신음을 전하고/ 생태계 살리는 시를 써야
지'라고 오로지 죽어가는 생태계만 위해 고민하고 근심하며 쓴
시이다. 그래도 인간들이 꼼짝도 하지 않자 「신神에게 올리는 기
도」로 간절함을 모은다.

얼음의 땅
플러그 뽑혀 울고 있어요

무너지는 빙벽
뜨거워지는 바닷물
사라져가는 물고기
허기진 곰 하늘로 올라갔어요

열 균형 잡아주던 냉각
냉동이란 말도 사라질 것 같아요

아프리카 거대 메뚜기떼
동아시아 우박 폭풍
한반도 기상이변
인도양 수온 상승
숲 집어삼킨 악마의 불
지구 멸망 시나리오

신이시여
빙하를 다시 만들어
인간과 자연의 조화를 만들어 주소서
―「신神에게 올리는 기도」 전문

글빛나 시인은 오늘날의 환경을 뇌속에 장착하고 그것들을 현대를 살아가는 사람들에게 다시 한 번 재검토하고 대책을 세우길 그래서 자연과 인간의 조화를 이루기를 기도하고 있다. 2004년 노벨평화상을 수상한 케냐 출신의 왕가리 무탈 마이타이 1940~2011는 '그린벨트 운동'의 창설자로 1977년부터 아프리카 전역의 나무 심기 운동을 벌였다. 그는 스톡홀름 노벨평화상 수상 연설에서 나무를 환경 보호와 지속 가능한 개발의 심장으로 삼았으며 나무가 생명의 존엄성을 나타내며, 지구의 삶을 부여하는 중요한 역할을 한다고 강조했다. 길게 줄지어 심어 놓은 나무들이 마지 초록 띠처럼 보인다고 하여 그린벨트라 불리게 된 이 운동은 케냐 전역으로 확장되었으며 무분별한 벌목으로 인해 산림 훼손이 심각한 상황에 있을 때 왕가리 무탈 마이타이의 그린벨트 운동은 숲을 살리는 동시에 가난한 여성들에게 일자리까지 제공 되었다. 나무는 토양 침식을 막고, 수질을 정화하며, 생태계를 회복시키는 데에 도움이 된다는 생각이 적중했고 그린벨트 운동은 농지의 부족과 산림 파괴에 대한 대응으로 나무를 심는 것을 통해 농지를 보호하고 향상시키는 데 기여했다. 나무 심기는 토양 침식을 방지했고 농지의 지속 가능한 발전과 여성의 권리 등 다양한 측면에서 긍정적인 영향을 미쳤으며 환경과 사회적 발전을 위한 희망적인 사례로 평가받고 있다. 그녀는 아프리카의 나무 어머니라 불렸다. 글빛나 시인은 지구 어머니라 불리길 기도해본다.

각혈하는 지구 외 2편

글 로 별

5개월 넘게 불타던 호주 산불
우리나라 면적만큼 숲이 재로 둔갑 되었다

야생동물 타들어 가고 하늘을 새빨갛게 물들였다

이 섬 저 섬으로 불을 옮겨
생명들 죽어가며 토하는 연기
공항을 묶고 헬기를 추락시켜 소방대원들이 죽고
이웃 나라와 태평양을 건너 칠레 페루 아르헨티나
하늘 뿌옇게 만들면서
지구 한 바퀴를 돌았다

탁구공만한 우박이 내리고
물난리가 나고 댐이 무너지고
임신한 여인과 많은 사람이 목숨을 잃고
삶의 터전들은 잿더미가 되었다

산불로 생긴 미세먼지 식수 폐수로 만들고
기침 호흡곤란 일으켜 관광객도 줄었다

>
시드니에서는 산불 난리 중에 새해맞이 불꽃 쏘아 올려
사람들 불러 모았다

사람들 탐욕이 빚은 지구온난화 오래도록 숲을 태웠다

그 자리 시커먼 죽음으로 서 있는 나무와 동물들
그 옛날 소돔에 살았던 롯의 아내 소금기둥 눈물을 흘린다

나무의 비밀

단풍놀이 지난 적막한 산
초겨울 바람에 붉은색마저 탈색된다

앙상한 거리
간판 요란한 집으로 들어갔다

없는 사람 안주 삼아 막걸리 마신다
나무 행간에서 우리가 받아 적을 수 없는 언어가 흔들리고
비틀거리는 걸음 버스에 올랐다

낮은 자세로 누워있는 나무들 사이
삭정이 뚝뚝, 부러지는 소리
나무의 비밀을 알지 못해
화장실로 달려갔다
휴지도 나무 비밀을 처음에 두고
둘둘 말려 끝내 비밀을 감고 있다

반가운 단골 주점에 들려
주물럭 안주에 소주를 마셨다
환경 대란 시기에 나무젓가락 종이컵 비닐식탁보 사용하는

영업이 가당키나 하냐고 주정을 가장했다

취한 기분전환을 위해 비밀을 흘려줄까?
나나나나我我我我 무무무무無無無無

나이를 빌리다

여러겹의 생을 껴입는 나무
그 속을 보지 못하는 인간

나무
생존을 위해
햇빛 찬바람 눈보라 견뎌
어떤 나무는 책이 되고 어떤 나무는 재목이 되고

사람
생존 위해
햇빛 바람 물 남의 살을 먹는다
섣달그믐날 밤 종루
수많은 사람 33번 종소리에
무병장수 평안 새해 기원
거리 곳곳 촛불 출렁이지만
나무는
그 자리에서 꼼짝않고 종도 치지 않고 촛불 켜지 않지만
사람보다 더 오래 산다

수십억 년 전 인간은

나무의 나이를 빌려 태어났다
손끝마다 나이테가 동글동글 있는 이유다

인간이 오만불손傲慢不遜한 이유는
한 곳에 있던 나무에서 고삐가 풀렸기 때문이다

시감상 | 이서빈

　글로별 시인은 이름에 걸맞게 소박하고 순결한 삶을 다룬 시
가 아니라 타인이 소박하고 순결한 삶을 살 수 있는 환경을 만들
기 위해 노력하는 시인이다. 절제와 응축의 미학을 통해 구현하
는 시들은 현대 시에서 보기 힘든 품격과 절제된 리듬으로 시인
의 참다운 삶의 가치가 무엇인지를 알려주고 있다. 글로별 시인
의 시를 읽다 보면 행간을 건너갈 때마다 가슴이 먹먹해진다.
「각혈하는 지구」는 제목에서 부터 턱, 숨이 막힌다.

　　5개월 넘게 불타던 호주 산불
　　우리나라 면적만큼 숲이 재로 둔갑 되었다

　　야생동물 타들어 가고 하늘을 새빨갛게 물들였다

　　이 섬 저 섬으로 불을 옮겨
　　생명들 죽어가며 토하는 연기
　　공항을 묶고 헬기를 추락시켜 소방대원들이 죽고
　　이웃 나라와 태평양을 건너 칠레 페루 아르헨티나
　　하늘 뿌옇게 만들면서
　　지구 한 바퀴를 돌았다

탁구공만한 우박이 내리고
물난리가 나고 댐이 무너지고
임신한 여인과 많은 사람이 목숨을 잃고
삶의 터전들은 잿더미가 되었다

산불로 생긴 미세먼지 식수 폐수로 만들고
기침 호흡곤란 일으켜 관광객도 줄었다

시드니에서는 산불 난리 중에 새해맞이 불꽃 쏘아올려
사람들 불러 모았다

사람들 탐욕이 빚은 지구온난화 오래도록 숲을 태웠다

그 자리 시커먼 죽음으로 서 있는 나무와 동물들
그 옛날 소돔에 살았던 롯의 아내 소금기둥 눈물을 흘린다
— 「각혈하는 지구」 전문

'탁구공만한 우박이 내리고/ 물난리가 나고 댐이 무너지고/
임신한 여인과 많은 사람이 목숨을 잃고/ 삶의 터전들은 잿더미
가 되었다'. 모두 강 건너 불구경만 하고 이 모든 것이 자신이 일
조했다는 생각은 아무도 하지 않아 소금기둥도 눈물을 흘린다고
한다. 인간은 얼마나 더 잔인해져야 지구의 환경을 돌아볼지 애
타는 심정을 호소하고 있다. 다음 시 「나무의 비밀」에서도 외로
운 극지를 건너면서 거기에 닿아 아무것도 할 수 없음에 절망을

느낀 듯하다.

단풍놀이 지난 적막한 산
초겨울 바람에 붉은색마저 탈색된다

앙상한 거리
간판 요란한 집으로 들어갔다

없는 사람 안주 삼아 막걸리 마신다
나무 행간에서 우리가 받아 적을 수 없는 언어가 흔들리고
비틀거리는 걸음 버스에 올랐다

낮은 자세로 누워있는 나무들 사이
삭정이 뚝뚝, 부러지는 소리
나무의 비밀을 알지 못해
화장실로 달려갔다
휴지도 나무 비밀을 처음에 두고
둘둘 말려 끝내 비밀을 감고 있다

반가운 단골 주점에 들려
주물럭 안주에 소주를 마셨다
환경 대란 시기에 나무젓가락 종이컵 비닐식탁보 사용하는
영업이 가당키나 하냐고 주정을 가장했다

취한 기분전환을 위해 비밀을 흘려줄까?
나나나나我我我我 무무무무無無無無
　―「나무의 비밀」 전문

　시인의 시선은 모두 환경으로 향하고 있다. 그래서 망가진 환
경에 촉수를 날카롭게 세우고 파괴된 인간의 생각을 복원시키기
위해 애쓰는 모습이 처연悽然하기까지 하다. 기교에 공들인 시가
아니라 가슴이 터질듯한 그의 내면에서 흘러나온 온몸의 시학이
다. 환경 대란 시기에 나무젓가락 종이컵 비닐식탁보 사용하는
영입이 가당키나 하냐고 주정을 가장했다. 얼마나 답답했으면
취한 기분전환에 비밀을 흘려줄까? 나는 없다 나는 없다 주문
을 외기까지 했을까?「나이를 빌리다」라는 시를 다시 살펴보면

　여러 겹의 생을 껴입는 나무
　그 속을 보지 못하는 인간

　나무
　생존을 위해
　햇빛 찬바람 눈보라 견뎌
　어떤 나무는 책이 되고 어떤 나무는 재목이 되고

　사람
　생존 위해
　햇빛 바람 물 남의 살을 먹는다

섣달그믐날 밤 종루

수많은 사람 33번 종소리에

무병장수 평안 새해 기원

거리 곳곳 촛불 출렁이지만

나무는

그 자리에서 꼼짝않고 종도 치지 않고 촛불 켜지 않지만

사람보다 더 오래 산다

수십억 년 전 인간은

나무의 나이를 빌려 태어났다

손끝마다 나이테가 동글동글 있는 이유다

인간이 오만불손傲慢不遜한 이유는

한 곳에 있던 나무에서 고삐가 풀렸기 때문이다

— 「나이를 빌리다」 전문

'수십억 년 전 인간은/ 나무의 나이를 빌려 태어났다/ 손끝마다 나이테가 동글동글 있는 이유다'. 발상이 탁월하다. 쉘리는 시의 옹호에서 '시인이란 확실히는 알 수 없는 어떤 영감의 해석자이며, 미래가 현재에 드리운 거대한 그림자를 비추는 거울이며, 자신이 이해 못 하는 것을 표현해 내는 언어이며, 무엇을 고무시키는지 느끼지 못하나 전쟁터를 향하여 부는 나팔이다, 움직이게는 하나 스스로는 움직이지 않는 영향력이다. 시인은 인정받지 못한 비공인의 입법자'라고 하였다. 시인은 자기만의 영

감과 통찰을 통해 지속적으로 변형을 하며 낯선 세계에 길을 내며 나아가는 자연과 인간이 통하는 그 길을 충실하게 실천할 때 한 발 뒤에 따라오는 일반 사람들에게 새로운 가치와 질서 창출, 나아가서 진화라는 단계까지 가는 자양분이 되고 다양한 외부 요인을 대하는 개인의 내부적인 틀인 스키마가 극명하고 성찰된 시어이면서 믿음과 희망이 있는 시, 즉 '시작하기도 전에 이미 완성' 된다는 독일 표현주의 시의 선봉인 고트프리트 벤Gottfried Benn, 1886~1956의 말을 잘 인용한 시가 될 것이다. 글로별 시인의 시는 시대 정신이 살아있는 매혹적인 감동의 파동을 일으키며 시작하기도 전에 이미 완성된, 곧 창조하는 영혼답게 지구의 깊은 상처를 치유하기 위한 존재감이 치열한 시를 쓴다. 언제 코로나보다 더한 균들이 다시 창궐할지 모를 위험한 시간대를 건너면서 연초록 생명이 제발 승리하기를 바라는 간절함이 묻어 있는 시이다. 이 시가 지구에 엎혀사는 지구인들의 절창이 되기를 예감해본다.

쥐 외 2편

이 옥

공중을 휘는 꼬리 따라 아침도 구부러진다

가지마다 봄밤 환하게 밝히던 꽃등
등 꺼진 자리마다 말똥거리는 쥐눈

영롱한 신생의 시간을 안내한다

고양이눈 피해 벚나무로 기어올라
가지에 다닥다닥 붙은 쥐눈

햇빛과 바람이 달콤하게 익힌
유월이 까맣게 떨어져 나뒹군다

떨어진 쥐눈알 줍느라
발가락에 쥐가 난다

책상에 앉자
쥐 한 마리 눈알을 달라며
컴퓨터앞에 몸을 움크리고 있다

책장을 넘기며

모든 것은 숲속에 감춰져 있어요

두꺼운 숲 바라보다
우두커니 서 있는 바람
손끝으로 숲을 넘길 때마다 푸른 숲냄새
밑줄친 형광펜 사이로 졸졸 흐르는 개울물

잠들기전에 도란도란 읽어주던
할머니 목소리는 어디 갔나요?

사냥꾼 대열에 합류해
겉핥기 한탕 해볼까?
결대로 몸 비틀며 한 장 한 장 걷고 있어요

인쇄된 잎사귀들 도망갈 수 있게 놓아줄까?
생각하다
흙속에 잠복한 뿔들과 해골 사이에서
나만의 낙원을 만들기로 했어요

우거진 녹음에 쑥쑥 자란 바위머리

마지막장, 숲을 닫아요

어느새 책장에 꽂혀있는 한 권의 나무

용문사 은행나무*

짚고 다니던 지팡이 꽂아놓고
쉽게 눈감을 수 없었던 백발 성성한 세월
천변만화千變萬化하여 천연기념물이 되었다

숨 있는 것을 욕심내는 것은 악의 뿌리
아찔한 봄날에 목 보존해
살아남은 천왕목

용의 뿔 닮은 용각바위아래
북극을 탈출해 용문까지 와
정3품계를 단 나무

심장까지 차오른 번뇌껍질 벗기기 위해
밖을 가두는 안

봄이면 부채부채
여름 견딜 부채를 들고 몸밖으로 나와
업장소멸한다

나무구멍에서 나온 마의태자 자비심

달빛으로 온누리에 깔린다

용 잃고 문만 남은 용문에서
주렁주렁 염주 달고 서 있는 누런가사
조그만 땅에서 넓은 세상을 만든 의상대사

길고긴 만공의 사자후를 지나 살아 숨 쉬는
은행나무엔 언제나 맑은율법이 울울창창 세상을 뒤덮는다

* 대한민국 경기도 양평군 용문면 신점리 용문산 절에 있는 은행나무

시감상 | 이서빈

    시는 상상력의 확장과 따뜻한 감성을 결고운 시파람으로 잘 엮었을 때 독자들로 하여금 공감을 받게 되는 것이다. 결코 만만하거나 쉬운 일은 아니지만 그렇더라도 칼지브란이 예언자에서 한 말처럼 '그 길이 힘겹고 험난할지라도' 가야만 하는 것이 시인의 운명이다. 그 힘겹고 험난한 길을 뚜벅뚜벅 걷어기는 시인이 바로 이옥 시인이다.

> 공중을 휘는 꼬리 따라 아침도 구부러진다

> 가지마다 봄밤 환하게 밝히던 꽃등
> 등 꺼진 자리마다 말똥거리는 쥐눈

> 영롱한 신생의 시간을 안내한다

> 고양이눈 피해 벗나무로 기어올라
> 가지에 다닥다닥 붙은 쥐눈

> 햇빛과 바람이 달콤하게 익힌
> 유월이 까맣게 떨어져 나뒹군다

떨어진 쥐눈알 줍느라

발가락에 쥐가 난다

책상에 앉자

쥐 한 마리 눈알을 달라며

컴퓨터 앞에 몸을 움크리고 있다

　　　　　　　　—「쥐」전문

'공중을 휘는 꼬리 따라 아침도 구부러진다'는 문장은 진리를
터득한 현자의 촌철살인같은 말이다. '가지마다 봄밤 환하게 밝
히던 꽃등/ 등 꺼진 자리마다 말똥거리는 쥐눈// 영롱한 신생의
시간을 안내한다'. 망혹妄惑을 이기고 자기 본성을 깨달은 수도자
의 견성見性이 고귀한 별빛처럼 초롱초롱 신생의 시간을 안내한
다면 시인은 도통을 했단 말인가? 아무래도 그런 것 같다. 낮에
는 고양이 눈을 피해 나뭇가지에 있던 쥐눈알이 컴퓨터 앞에 와
서 움크리고 있다고 한다. 물론 꼬리 달린 마우스도 있고 꼬리 잘
린 마우스도 있지만 그 쥐눈알을 마음대로 좌지우지 하니 말이
다. 다음 시 역시도 상상력이 싱싱하게 가지를 벌어나간 시이다.

모든 것은 숲속에 감춰져 있어요

두꺼운 숲 바라보다

우두커니 서있는 바람

손끝으로 숲을 넘길 때마다 푸른 숲냄새

밑줄친 형광펜 사이로 졸졸 흐르는 개울물

잠들기전에 도란도란 읽어주던
할머니 목소리는 어디 갔나요

사냥꾼 대열에 합류해
겉핥기 한 탕 해볼까
결대로 몸 비틀며 한 장 한 장 걷고 있어요

인쇄된 잎사귀들 도망갈 수 있게 놓아줄까?
생각하다
흙속에 잠복한 뿔들과 해골사이에서
나만의 낙원을 만들기로 했어요

우거진 녹음에 쑥쑥 자란 바위머리
마지막 장, 숲을 닫아요

어느새 책장에 꽂혀있는 한 권의 나무
　　─「책장을 넘기며」 전문

　시인은 책장을 넘기면서 종이의 전생을 생각하고 있는 것이
다. 인쇄된 잎사귀들 도망갈 수 있게 놓아주다니 그렇다면 이옥
시인은 이미 책이 된 나무를 살릴 수 있다는 말인가? 얼마나 오
염되고 찌들어가는 환경이 안타까우면 책을 펼치고도 나무를 볼

까? 마음이 반짝인다, 환하다, 행간에 빛이 난다. 이 정신이면
이미 환경을 살리는 神의 경지에 다다른건 아닌가?

짚고 다니던 지팡이 꽂아놓고
쉽게 눈감을 수 없었던 백발 성성한 세월
천변만화千變萬化하여 천연기념물이 되었다

숨 있는 것을 욕심내는 것은 악의 뿌리
아찔한 톱날에 목 보존해
살아남은 천왕목

용의 뿔 닮은 용각바위아래
북극을 탈출해 용문까지 와
정3품계를 단 나무

심장까지 차오른 번뇌껍질 벗기기위해
밖을 가두는 안

봄이면 부채부채
여름 견딜 부채를 들고 몸밖으로 나와
업장소멸한다

나무구멍에서 나온 마의태자 자비심
달빛으로 온누리에 깔린다

용 잃고 문만 남은 용문에서

주렁주렁 염주달고 서있는 누런가사

조그만 땅에서 넓은 세상을 만든 의상대사

길고긴 만공의 사자후를 지나 살아숨쉬는

은행나무엔 언제나 맑은율법이 울울창창 세상을 뒤덮는다

—「용문사 은행나무」전문

용분사 은행나무는 하우스만Alfred Edward Housman의 '시의 기
능은 세계의 슬픔과 조화시키는 것이다'라는 말을 잘 증명해 주
는 시이다. 오래 살아서 슬픈, 심장까지 차오른 번뇌껍질 벗기기
위해 밤을 가두는 안과 봄이면 여름 견딜 부채를 들고 몸밖으로
나와 가을엔 노랗게 업장소멸을 하는 오래 산 슬픔을 삶과 접합
시켜 황홀한 슬픔을 맛보게 한다. 꽃은 젖어도 향기는 젖지 않는
다는 진리를 깨닫고 신음하는 환경 틈새로 장엄하게 서있는 은
행나무를 소환해서 시대적 소임의 엄중함을 쓴 시다. 은행잎이
나비나비 노랗게 날아 온세상에 날아다니며 사라져가는 벌나비
들에 다시 나비효과 부추기면 천년만년 이 지구도 건강하리라
생각한다. 상처받고 신음하는 지구를 풀빛으로 물들이는 독특
한 자연관에서 망각해버리고 살아온 인간들에게 자연은 정복하
는 것이 아니라 가위 바위 보와 같은 공평한 관계임을 세상 사람
들에게 외치고 있다.

귀양 가는 길 외 2편

글 가 람

해보슬눈 해보슬해보슬 날리는 날
노송이 귀양간다

눈보라에 찢어져 하얀 살 들어내면
달빛이 내려와 위로해주고
별빛이 글썽글썽 눈물 흘리던 숲속을 떠난다

꼬깃꼬깃 구겨진
할머니 무명허리띠 같은 진부령 고갯길
매고 푸르라 닳아진 길 돌아 나온다

신발도 옷도 없는 알몸으로
트럭에 실려 귀양 가는 길

어지러운 고막 바퀴속에 숨죽이는 솔방울들

겨울 펄펄 끓는데 살아온 시간의 길이
나이테 감아 두고
어허영차 어허영차 귀양 가는 길

숲의 안부가 길을 가로막는다

감성벽에 기대

구절초
하늘 마시고 비틀거린다

계절은 이유 없이 하늘을
높였다 낮추기를 반복하고

산은 푸른맛 나고
물소리 물냄새 나고
길 따라 흐르는 정선아리랑
아라라아라라 恨 키우는 소리 한탄

왁자지껄 모여든
구름 바람 새소리
천상의 소리로
천상옥경대를 만드네

숲은 바람을 흔들고
강물은 하늘 출렁이는
아우라지

\>

물목은 여전한데
뗏목은 간데없고
물소리 구름 소리
허깨비 초승달 난간에 기대

떠난 세월 어디쯤서
노닥이고 있는지
아리랑 아리랑 아라리요

바람도
물결 잡고 흐느끼는
벽

빈 산

푸른노래 가득하던 산이
까맣다

차창에서 밀려나는 허멀건 민둥산

가문 홍수 막이 줄 빙패
모두 사라졌다
무성했던 숨소리 천지에 묻히고
하늘과 나무 머리 경계 무너지던 날

까슬까슬한 구름그림자 검은무덤에 앉아
소갈머리 뽑힌
주변머리 뽑힌
머리처럼 덩그런 민둥산 어루만지고 있다

귀곡자 푸른절규에
산천 휘휘 돌리며
나무 위령제를 지내는지
웅웅 곡소리가 산을 까맣게 덮는다

\>
저, 긴긴 곡소리에 산이 텅 빈다

빈 산지기
달 지나가다 제 몸빛 내려놓으니

발광체들 대머리 산 경작하겠다고
모여드는 빈산 혼魂들

시감상 | 이서빈

'인간은 만물의 영장'이란 말이 대자연 앞에서는 얼마나 하찮은 미물인가를 알기가 그리 어려운 일은 아닐 것이다. 당장 큰바위를 만나거나 지천으로 펴 아무 조건 없이 향기를 내뿜으며 웃고 있는 꽃향유나 국화를 보아도 인간은 얼마나 작고 욕심 가득한 동물인가를 깨닫게 된다. 이 깨달음도 겨우 예술가들에 힌징된다. 매일매일 어디로 가는지도 모르고 똑같은 삶을 사는 사람들에겐 그 모습조차 놓치고 무덤으로 바삐 걸어가기 때문이다. 글가람 시인의 「귀양 가는 길」 역시 시인이 아니면 그 감정을 잡아채기 어려운 시이다.

해보슬눈 해보슬해보슬 날리는 날
노송이 귀양간다

눈보라에 찢어져 하얀 살 들어내면
달빛이 내려와 위로해주고
별빛이 글썽글썽 눈물 흘리던 숲속을 떠난다

꼬깃꼬깃 구겨진
할머니 무명 허리띠 같은 진부령 고갯길
매고 푸느라 닳아진 길 돌아 나온다

신발도 옷도 없는 알몸으로
트럭에 실려 귀양 가는 길

어지러운 고막 바퀴속에 숨죽이는 솔방울들

겨울 펄펄 끓는데 살아온 시간의 길이
나이테 감아 두고
어허영차 어허영차 귀양 가는 길

숲의 안부가 길을 가로막는다
— 「귀양 가는 길」 전문

   길을 가다 보면 트럭에 실려 가는 아름드리 소나무들을 자주
본다. 그러나 대부분 사람은 무심히 보아넘기게 마련이다. 그러
나 글가람 시인은 산에서 잘 자라던 소나무가 뽑혀 나오는 걸 '신
발도 옷도 없는 알몸으로/ 트럭에 실려 귀양 가는 길// 어지러운
고막 바퀴속에 숨죽이는 솔방울들/ 겨울 펄펄 끓는데 살아온 시
간의 길이/ 나이테 감아 두고/ 어허영차 어허영차 귀양 가는 길'
이라고 살던 곳을 떠나 어디론가 실려 가는 소나무의 입장을 대
변하고 있다. 모든 것은 제자리에 있을 때 빛나고 아름다운 법,
뿌리째 뽑혀가는 소나무는 제자리에 있을 때보다 더 좋은 곳이
란 없으므로 귀양 간다고 말한 것이다. 「감성벽에 기대」라는 시
도 마찬가지다.

'구절초, / 하늘 마시고 비틀거린다'.

구절초가 하늘을 마시고 비틀거린다. 천국을 다른 곳에 가서 찾을 것이 아니라 글가람 시에서 찾으면 될 것이다. 그러나 여기서 눈여겨볼 것은 바람이 왜 물결을 잡고 흐느껴 우는 걸까? 망가져서 사라져가는 것들에 대한 아쉬움인 것이다. 이 지구라는 경이로운 곳에서 인간이 자신의 살과 뼈를 준 자연을 짓밟고 헤치는 것에 대한 아쉬움일 것이다. 자본주의 사회는 자신의 이익을 위해선 말을 파전 뒤집듯이 뒤집는다. 지구의 자양분을 먹고 자라는 인간은 지구가 코뚜레 뚫은 송아지처럼 우는데도 용노폐기하고 버린 시산처럼 무감각하다. 다음 시 「빈 산」도 전형적인 환경시다.

  푸른노래 가득하던 산이
  까맣다

  차창에서 밀려나는 허멀건 민둥산

  가뭄 홍수 막아줄 방패
  모두 사라졌다
  무성했던 숨소리 천지에 묻히고
  하늘과 나무 머리 경계 무너지던 날

  까슬까슬한 구름그림자 검은무덤에 앉아
  소갈머리 뽑힌

주변머리 뽑힌
머리처럼 덩그런 민둥산 어루만지고 있다

귀곡자 푸른절규에
산천 휘휘 돌리며
나무 위령제를 지내는지
웅웅 곡소리가 산을 까맣게 덮는다

저, 긴긴 곡소리에 산이 텅 빈다

빈 산지기
달 지나가다 제 몸빛 내려놓으니

발광체들 대머리 산 경작하겠다고
모여드는 빈산 혼魂들
  ―「빈 산」 전문

　문학은 언어를 통해 강한 주체의식을 가지고 인류에 선한 지
향성을 향해 자신을 몰입시키며 살아있음에 대한 보람을 느끼
는 것이다. '인간은 어느 하나에 미쳐야 한다.'라는 시인 보들레
르의 말에는 아주 많은 것을 내포하고 있다. 삶의 깊이를 생각하
는 사람들은 작게는 사회, 크게는 인류를 위해 무엇을 할 것인가
를 고민하는 사람들이다. 시를 쓰는 사람들이란 삶을 창조하는
사람 즉, 인류를 위해 바퀴를 굴리는 사람이라 생각한다. 글가람

시인이 쓴 시들은 바이오필리아와 토포필리아적 세계를 형상화한 글들이다. 생명과 환경에 대한 지대한 관심을 가지고 현재의 시점에서 시인이 해야 할 일들을 일반인들도 관심을 가지고 실천할 수 있도록 제시하는 것이 문학의 힘으로 작용하고 있다. 그 중에서도 현 사회에서 가장 시급한 문제는 바로 환경임을 깨달은 시인이다. 그래서 인간과 환경 사이의 관계와 미학적인 관계인 초록 이미지의 시어들이 나열된 녹색 생태계를 잊은 사람들에게 그 눈부시게 아름다움을 절실하게 깨닫게 하는 경고장인 것이다. 문학은 그 시대의 시인이 지닌 고유한 정신이고 핏줄이고 삶이다. 그 시대를 살고 있는 시인은 무엇을 위해 자기를 희생해야 하는가를 깨닫고 실천하고 앞서야 스스로의 삶에 부끄럽지 않은 사람이라 생각한다. 글가람 시인은 이 시대의 시급함을 가장 잘 깨닫고 시를 쓰는 시인이라 존중이 무엇인지를 진정아는 시인이다. 글가람 시인의 시가 이 시대에 가장 빛나는 일을 했다는 말이 먼 후대까지 메아리치며 인구에 회자 되리라 믿어본다.

남과 다른 시 쓰기 동인

'남과 다른 시 쓰기' 동인의 『새파랗게 운다』는 『함께, 울컥』, 『길이의 슬픔』, 『덜컥, 서늘해지다』에 이어서 네 번째 환경시집이며, 이서빈, 이진진, 글보라, 글나라, 정구민, 최이근, 손선희, 고윤옥, 권택용, 우재호, 세정, 글빛나, 글로별, 이옥, 글가람 등, 열다섯 명이 그 회원들이라고 할 수가 있다.

『새파랗게 운다』는 "후손을 위해 뼈를 갈아 만든 세계 최고의 한글로/ 앓고 있는 지구가 건강하고 싱싱해지길/ 간절히 바라는 마음을 찍어/ 자랑스런 한글로 쓴 기도"(머리말) 시집이라고 할 수가 있다.

이메일   happyjy8901@hanmail.net

• 이 시집은 영주신문에 환경 시 특집으로 연재한 시임을 밝혀둔다.

남과 다른 시 쓰기 동인

새파랗게 운다

발　　행　　2024년 7월 25일
지 은 이　　이서빈 외
펴 낸 이　　반송림
편집디자인　반송림
펴 낸 곳　　도서출판 지혜
주　　소　　34624 대전광역시 동구 태전로 57, 2층 도서출판 지혜 (삼성동)
전　　화　　042-625-1140
팩　　스　　042-627-1140
전자우편　　eji@ji-hye.com
　　　　　　ejisarang@hanmail.net
애지카페　　cafe.daum.net/ejiliterature

ISBN　　　979-11-5728-546-4　　03810
값　　　　　12,000원